新世纪电子信息课程系列规划教材

信号与系统综合实验教程

主 编　陆　毅　杨　艳

副主编　刘　强　李　鹏　刘晓杰

东南大学出版社
·南京·

图书在版编目（CIP）数据

信号与系统综合实验教程/陆毅,杨艳主编. —南京：
东南大学出版社,2010.10
新世纪电子信息课程系列规划教材
ISBN 978 - 7 - 5641 - 2429 - 8

Ⅰ.①信… Ⅱ.①陆… ②杨… Ⅲ.①信号系统－实验－高等
学校－教材 Ⅳ.①TN911.6 - 33

中国版本图书馆 CIP 数据核字(2010)第 176748 号

信号与系统综合实验教程

出版发行	东南大学出版社
出 版 人	江 汉
社　　址	南京市四牌楼 2 号
邮　　编	210096
经　　销	全国新华书店
印　　刷	南京新洲印刷有限公司
开　　本	787 mm×1092 mm　1/16
印　　张	7.25
字　　数	187 千字
书　　号	ISBN 978 - 7 - 5641 - 2429 - 8
印　　次	2010 年 10 月第 1 次印刷
版　　次	2010 年 10 月第 1 版
印　　数	1—3000 册
定　　价	18.00 元

（凡有印装质量问题，请与我社读者服务部联系。电话:025－83792328）

前　言

"信号与系统"课程是一门实用性较强、涉及面较广的专业基础课。该课程是将学生从电路分析的知识领域引入信号处理与传输领域的关键性课程,对后续专业课起到承上启下的作用。长期以来,"信号与系统"课程一直采用黑板式的单一教学方式,课程中大量信号分析结果缺乏可视化的直观表现,学生仅依靠做习题来巩固和理解教学内容,对课程中大量的应用性较强的内容不能实际动手设计、调试、分析,严重影响和制约了教学效果。近几年来,为适应 21 世纪科学技术的发展,加强基础性教育、增强适应性训练、注重人才综合素质的培养,已成为社会各界的共识。为了达到能让学生在"信号与系统"课程中学习到扎实的基础理论知识并与现代科学技术发展紧密结合的要求,实验性教学环节越来越受到教育工作者的重视。如何开设"信号与系统"实验课、开设哪些方面的内容,是十分重要的。本书从软件仿真实验到硬件实验平台进行了全方位的介绍,并给出了详细的讲解过程。

MATLAB 和 C 语言强大便利的计算编程功能,使越来越多的科技工作者将它作为编程语言。本书深入浅出地介绍了 MATLAB 和 C 语言在"信号与系统"课程中的实际应用。首先简明扼要地对工程软件进行概述,使读者轻松入门;然后深入介绍 MATLAB 在时域、频域和复频域中的实现过程;最后补充介绍 C 语言在信号与系统分析中的应用。另外,本书还提供了 MATLAB 常用命令大全,极大地方便了读者的阅读与参考。

"信号与系统"课程主要包含确定信号经过线性时不变系统所涉及的基本概念与基本分析方法。JH5004 型信号与系统实验箱紧密围绕当前《信号与系统》课程的核心内容,建设了一系列具有特色的实验项目,该硬件实验平台在基础性、实用性、全面性、简洁性及扩展性上都得到了很好的体现,便于教师对实验内容的组织和实施,丰富了实验教学手段。

本书共分8章。第1章简单介绍 MATLAB 的发展过程及特点;第2章针对性地介绍与本课程相关的 MATLAB 知识,主要包括程序设计环境、基本操作、绘图功能及 M 文件等;第3章和第4章详细介绍了 MATLAB 在连续信号与系统的时域分析和频域分析中的实现,这也是 MATLAB 在信号与系统中最基本的应用之一;第5章和第6章深入介绍了 MATLAB 在离散信号与系统的时域分析和频域分析中的实现;第7章运用 Turbo C 开发平台进行信号及其频谱分析的实现,让学生掌握 C 语言在信号与系统中的基本应用;第 8 章详细介绍了 JH5004 型信号与系统实验箱各模块的使用方法及注意事项,进一步加强对学生动手能力的训练。

本书由江苏技术师范学院的陆毅和安徽蚌埠学院的杨艳担任主编,吉林北华大学的刘强、江西九江学院的李鹏以及江苏技术师范学院的刘晓杰担任副主编。第 1 章由李鹏编写,第 2 章由杨艳编写,第 3 章由陆毅和李鹏共同编写,第 4 章由陆毅和杨艳共同编写,第 5 章由吉林北华大学的刘强和宋艳霞执笔,第 6 章由吉林北华大学的刘强和邢砾云编写,第 7 章由刘晓杰、李鹏以及杨艳编写,第 8 章由上述老师共同编写。

本书在编写过程中得到了江苏技术师范学院、吉林北华大学、江西九江学院、安徽蚌埠学院和苏州科技学院(排名不分先后)的大力支持和帮助,并给予了许多宝贵的意见,编者在此表示衷心的感谢。

在本书编写过程中参阅了大量的论文与著作,并得到了许多同行的指导,在此表示衷心感谢。

由于编者水平有限,加之时间仓促,书中难免有疏漏和不妥之处,欢迎读者批评指正。

编　者
2010 年 6 月

目　录

1 MATLAB 基础

1.1 MATLAB 的起源和发展

MATLAB 语言是由美国 Clever Moler 博士于 1980 年开发的,设计者的初衷是为解决《线性代数》课程的矩阵运算问题。MATLAB 的名称源自 Matrix Laboratory。

1983 年春,Clever Moler 到 Standford 大学讲学,他和 John Little 主持开发了各类数学分析的子模块,撰写用户指南和大部分的 M 文件,用 C 语言开发了第二代 MATLAB 专业版,也是 MATLAB 第一个商用版,同时赋予了它数值计算和数据图示化的功能。自第一版发行以来,已有众多的科技工作者加入到 MATLAB 的开发队伍中。1984 年,他们成立了 MathWorks 公司,发行了 MATLAB 第一版。MATLAB 的第一个商业化的版本是同年推出的 3.0 版。后来逐步将其发展成为一个集数值处理、图形处理、图像处理、符号计算、文字处理、数学建模、实时控制、动态仿真、信号处理为一体的数学应用软件。

20 世纪 90 年代初,MATLAB 在数值计算方面独占鳌头,Mathematica 和 Mathcad 分居符号计算软件的前两名。MATLAB 成为国际控制界公认的标准计算软件。

MathWorks 公司于 1992 年推出了 4.0 版;1993 年推出了 4.1 版;1994 年 4.2 版本扩充了 4.0 版的功能,在图形界面设计方面提供了新的方法;1995 年推出了 4.2 C 版;1997 年推出了 5.0 版,允许更多的数据结构,使其成为一种更方便编程的语言;1999 年推出了 5.3 版,进一步改进了 MATLAB 语言的功能;2000 年 10 月推出了全新的 6.0 正式版,其在核心数值算法、界面设计、外部接口、应用桌面等方面有了很大改进;2006 年 9 月推出了 MATLAB R2006b;2007 年 3 月发布 MATLAB R2007a。2008 年发布 MATLAB R2008Bf。

MATLAB 语言是当今国际上科学界最具影响力、最有活力的软件之一,已发展成一种高度集成的计算机语言。它提供了强大的科学运算、灵活的程序设计流程、高质量的图形可视化与界面设计、便捷的与其他程序和语言接口的功能。MATLAB 语言在各国高校与研究单位起着重要的作用。

1.2 MATLAB 的主要特点

1) 编程效率

MATLAB 是一种面向科学与工程计算的高级语言,允许用数学形式的语言编写程序。用 MATLAB 编写程序犹如在演算纸上排列出公式与求解问题。因此,MATLAB 语言也可通俗地称为演算纸式科学算法语言,由于其编写简单,所以编程效率高。

2) 用户使用

MATLAB 语言是一种解释执行的语言,使用灵活、方便,其调试程序手段丰富,调试速度快,需要学习的时间少。人们用任何一种语言编写程序和调试程序一般都要经过四个步骤:编辑、编译、连接以及执行和调试。MATLAB 语言与其他语言相比，较好地解决了上述问题，把这四个步骤融为一体，能在同一幅画面上进行灵活操作，快速排除输入程序中的书写错误、语法错误以至语意错误，从而加快用户编写、修改和调试程序的速度。

3）扩充能力

高版本的 MATLAB 语言具有丰富的库函数，在进行复杂的数学运算时可以直接调用，而且 MATLAB 的库函数与用户文件在形成上一样，所以用户文件也可作为 MATLAB 的库函数来调用。因此，用户可以根据自己的需要方便地建立和扩充新的库函数，以便提高 MATLAB 使用效率和扩充其功能。另外，它能方便地调用有关的其他语言的子程序。

4）语言功能

MATLAB 语言中最基本、最重要的成分是函数，一个函数是由函数名、输入变量($d,e,f,\cdots$)、输出变量($a,b,c,\cdots$)组成，同一函数名 F，不同数目的输入变量（包括无输入变量）及不同数目的输出变量，代表不同的含义。这不仅使 MATLAB 的库函数功能更丰富，而且大大减少了需要的磁盘空间，使得 MATLAB 编写的 M 文件简单、短小且高效。

5）矩阵和数组运算

MATLAB 语言规定了矩阵的算术运算符、关系运算符、逻辑运算符、条件运算符及赋值运算符，而且这些运算符大部分可以毫无改变地照搬到数组间的运算，有些如算术运算符只要增加“.”就可用于数组间的运算，另外，它不需定义数组的维数，并给出矩阵函数、特殊矩阵专门的库函数，使之在求解诸如信号处理、建模、系统识别、控制、优化等领域的问题时，显得大为简捷、高效、方便，这是其他高级语言所不能比拟的。在此基础上，高版本的 MATLAB 已逐步扩展到科学及工程计算的其他领域。

6）绘图功能

MATLAB 的绘图十分方便，它有一系列绘图函数，例如线性坐标、对数坐标，半对数坐标及极坐标，均只需调用不同的绘图函数，在图上标出图题、X-Y 轴标注，格绘制也只需调用相应的命令，简单易行。另外，在调用绘图函数时，调整自变量可绘出不同颜色的点、线、复线或多重线。这种为科学研究着想的设计是通用的编程语言所不及的。

7）容错功能

MATLAB 的容错能力很强，而且可靠。

8）兼容与接口功能

MATLAB 具有应用灵活的兼容与接口功能。

9）联机检索功能

MATLAB 具有信息量丰富的联机检索功能。

1.3　MATLAB 的组成

MATLAB 系统是由 MATLAB 开发环境、MATLAB 数学函数库、MATLAB 语言、MATLAB 图形处理系统、MATLAB 应用程序接口、MATLAB 的专用领域箱、MATLAB Compiler、MATLAB Simulink、Stateflow 和 Real-time Workshop 等部分组成。

1）MATLAB 开发环境

MATLAB 开发环境是一套方便用户使用 MATLAB 函数和文件的工具集，其中许多工具是图形化用户接口。它是一个集成化的工作空间,可以让用户输入、输出数据,并提供了 M 文件的集成和调试环境。它包括 MATLAB 桌面、命令窗口、M 文件编辑调试器、MATLAB 工作空间和在线帮助文档。

2) MATLAB 数学函数库

MATLAB 数学函数库包括大量的计算算法,从基本算法(如加法等)到复杂算法(如矩阵求逆、快速傅里叶变换等)。

3) MATLAB 语言

MATLAB 语言是一个高级的基于矩阵、数组的语言,具有程序流控制、函数、数据结构、输入输出和面向对象编程等特色。

4) MATLAB 图形处理系统

图形处理系统使得 MATLAB 能方便地图形化显示向量和矩阵,而且能对图形添加标注和打印。它包括二维、三维图形函数、图像处理和动画显示等函数。

5) MATLAB 应用程序接口

MATLAB 应用程序接口是一个使 MATLAB 语言能与 C 等其他高级编程语言进行交互的函数库,该函数库的函数通过调用动态链接库实现与 MATLAB 文件的数据交换。

6) MATLAB 的专用领域工具箱

许多学科在 MATLAB 中都有专用工具箱,现已有 30 多个工具箱,但 MATLAB 语言的扩展开发还远远没有结束,各学科的相互促进,将使得 MATLAB 更加强大。MATLAB 的常用工具箱有:①MATLAB 主工具箱;②Simulink 仿真工具箱;③信号处理工具箱;④通信工具箱;⑤神经元网络工具箱;⑥符号数学工具箱;⑦控制系统工具箱;⑧图像处理工具箱;⑨系统辨识工具箱;⑩金融工具箱。

7) MATLAB Compiler

MATLAB Compiler(编译器)提供了 MATLAB 语言编写的 M 文件自动转换成 C 或者 C++ 格式文件的能力,支持用户进行独立应用开发。利用 MATLAB Compiler,用户可以快速开发出功能强大的独立应用。

8) MATLAB Simulink

Simulink 是一个对系统进行建模、仿真和分析的软件包。它既可以仿真线性系统,又可以仿真非线性系统,使 MATLAB 功能得到进一步提高,比如可以实现可视化建模,实现与 M 文件的数据共享,将理论研究与工程实际有机结合在一起。

9) Stateflow

与 Simulink 的模型框结合,描述复杂事件驱动系统的逻辑行为,驱动系统在不同模块之间进行切换。

10) Real-time Workshop

Real-time Workshop 与 Stateflow 直接从 Simulink 模型与 Stateflow 框图中生成高效的可移植 C 代码或 Ada 代码。

2 MATLAB 程序设计

2.1 创建、保存和编辑 M 文件

MATLAB 的语言结构一般可以归结为：

$$MATLAB 语言结构 = 窗口命令 + M 文件$$

MATLAB 为用户提供了专用的 M 文件编辑器，便于完成 M 文件的创建、保存和编辑工作。

1) 创建 M 文件

用 M 文件编辑器创建新 M 文件可以有两种方式：

(1) 启动 MATLAB，选中命令窗口菜单栏【File】下【New】菜单选项的【M-File】命令，便可打开 MATLAB 的 M 文件编辑器窗口，如图 2.1 所示。

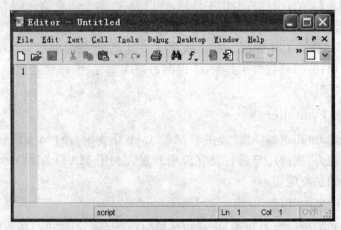

图 2.1　M 文件编辑器窗口

(2) 点击 MATLAB 命令窗口工具栏的"New M-File"图标，即可打开如图 2.1 所示的 M 文件编辑器。

2) 保存 M 文件

M 文件编辑完成后，可将 M 文件保存。保存 M 文件可以有两种方式：

(1) 点击 M 文件编辑器窗口下菜单栏【File】菜单的【Save】命令，弹出如图 2.2 所示的对话框。

(2) 点击 M 文件编辑器窗口工具栏的【Save】图标，弹出如图 2.2 所示的对话框。

对话框中，系统默认的文件保存目录为"work"，可以通过"文件保存"对话框对文件保存位置进行重新设定，系统默认的文件名"untitled"，对文件重新命名。

图 2.2 "M 文件保存"对话框

3）编辑 M 文件

对已保存的文件进行修改和编辑可以有以下两种方式：

（1）点击 MATLAB 命令窗口工具栏的"Open File "图标，也可以点击在命令窗口菜单栏【File】菜单下的【Open】，系统便会启动 M 文件编辑器并打开需要的 M 文件。

（2）假设要进行编辑的.m 文件名为 xinhaojuanji.m。在 MATLAB 命令窗口中输入命令：

$$>>\text{edit xinhaojuanji 或者 edit xinhaojuanji.m}$$

或者输入命令：

$$>>\text{open xinhaojuanji 或者 open xinhaojuanji.m}$$

系统即可打开 MATLAB 编辑器，并打开这个名为 xinhaojuanji.m 的文件开始编辑。若在当前路径中未找到此文件，则 MATALB 会提示是否创建为此文件名的新的.m 文件，然后打开 MATLAB 编辑器供编辑文件，并在保存时自动保存名为 xinhaojuanji.m。

2.2 MATLAB 控制语句

2.2.1 条件控制语句

1）if 语句

if 语句一般有两种格式：

（1）if 逻辑表达式

    指令 1
    else
    指令 2
    ⋮
    end

此语句先计算逻辑表达式的值，如果逻辑表达式的值为 true，则执行 if 后面的指令，如果逻

辑表达式的值为 false,则执行指令 2,以此类推下去。例如:

```
if   a>2
    b=zeros(1,5)
else
    b=ones(1,5)
end     //若 a>2,则向量所有的元素值为 1,否则全为 0
```

(2) if 逻辑表达式 1

指令 1

elseif 逻辑表达式 2

指令 2

⋮

else 指令

end

若逻辑表达式 1 的值为 false,则跳过指令 1,检查逻辑表达式 2 的值,若其值为 true,则执行指令 2,否则跳过指令 2,检查逻辑表达式 3 的值,以此类推,当逻辑表达式 n 的值为 true 时,执行指令 n,否则跳过指令 n,直接执行 else 后面的指令。例如:

```
if i==j
   a(i,j)=0     //若 i=j,矩阵 a[i,j]为 0
elseif abs(i−j)==1
a(i,j)=−1     //若 i 与 j 的差的绝对值为 1,矩阵 a[i,j]为−1
else
a(i,j)=2     //否则矩阵 a[i,j]为 2
end
```

2) Switch 语句

Switch 语句可以根据一个变量或表达式的值执行特定的语句。Switch 语句的常用格式为:

```
switch 表达式 0
case 表达式 1 的值
指令 1
case 表达式 2 的值
指令 2
⋮
otherwise
指令
end
```

首先计算 Switch 后面表达式 1 的值,然后检查 case 子句的值与表达式 1 的值是否相等,若相等,则执行指令 1,否则继续检查第 2 个 case 子句,以此类推,若所有 case 子句的值都不等于表达式 1 的值,则执行 otherwise 子句后面的指令。例如:

```
Switch a(i). Marks
case 100
```

a(i). Rank='满分'   //得分为 100,等级为"满分"

case A

a(i). Rank='优秀'   //得分为 90 与 99 之间,等级为"优秀"

case B

a(i). Rank='良好'   //得分为 80 与 89 之间,等级为"良好"

case C

a(i). Rank='中等'   //得分为 70 与 79 之间,等级为"中等"

case D

a(i). Rank='及格'   //得分为 60 与 69 之间,等级为"及格"

otherwise

a(i). Rank='不及格'   //低于 60 分,等级为"不及格"

end

3) try-catch 语句

try-catch 提供了一种错误捕获机制。try-catch 语句的常用格式为:

try

命令 1

catch

命令 2

end

命令 1 中的所有命令都要执行。若命令 1 中没有 MATLAB 错误出现,则在执行完命令 1 之后,程序就直接执行 end 语句,但是,若在执行命令 1 的过程中出现了 MATLAB 错误,程序就立即转到 catch 语句,然后执行命令 2。例如:

A=[1,1;2,2]

B=[1,1]

try

   A+A,A+B,B+B   //执行 A+B 时发生错误

catch

   disp('error ')

end

disp(lasterr)   //显示最后的错误信息

2.2.2 循环控制语句

1) for 语句

for 语句是循环语句,用于事先知道循环需要几次的情况下。for 语句的常用格式如下:

for 计数器=初始值:增量:终止值

   指令 1,指令 2,…,指令 n

end

在用 for 语句实现多次循环时,for 和 end 必须成对出现。增量没有指明时,默认值为 1,增量为正时,计数的值为初始值加一次增量,直至计数的值大于终止值;增量为负时,计数的值为初始值减一次增量,直至计数的值小于终止值。例如:

```
for i=1:1:10
    a(i)=2*i
end
```

则运行结果为：

a=2　4　6　8　10　12　14　16　18　20

很明显，上述程序实现的功能是实现 1 到 10 的整数的 2 倍。

2）While 语句

While 语句也是循环语句，但与 for 循环语句不同，它的循环次数是一个不定数，其用途更广阔。While 语句的常用格式为：

While 表达式

指令行

end

当表达式为 true 时，重复执行 While 和 end 的指令。若有 break 语句，执行到它时，就退出循环。例如：

s=1

n=1

while n<=100

s=s*n

n=n+1

end

上述程序实现的功能是 100!

2.3　程序的调试和优化

2.3.1　程序的调试

在 MATLAB 中可能存在两种类型的错误，即语法错误和运行错误，所以在 MATLAB 的程序编辑器中提供了相应的程序调试功能。对于识别错误的基本技巧，一般来说，语法错误比较容易识别，MATLAB 会提示相应位置的错误信息，以便于检查和定位。对于运行错误，比较难以识别，因为发生运行错误时，系统会自动终止对 M 文件的调用，这样就关闭了函数的工作区间，无法找到需要的数据信息。可以通过一些 MATLAB 提供的函数来辅助检查错误，表2.1为常用的错误识别函数；也可以通过对程序断点的设置来检查错误，表2.2为常用断点操作函数。

表 2.1 常用的错误识别函数

函数名	功能描述
echo	在函数运行时显示代码
disp	显示特定的值或信息
Sprintf&fprintf	显示不同格式和类型的数据
Whos	列出工作区间的所有变量
Size	显示矩阵的维数
keyboard	中断程序运行,允许用户从键盘进行交互操作
return	回复 keyboard 命令后函数的运行
Warning	显示特定的警告信息
Error	显示特定的错误信息
Lasterr	返回最后一次的错误
Lasterror	返回最后一次的错误及其相关信息
lastwarn	返回最后一次的警告

表 2.2 常用断点操作函数

函数名	功能描述
Dbstop	用于在 M 文件中设置断点
dbstatus	显示断点信息
Dbtype	显示 M 文件文本
Dbstep	该函数用于从断点处继续执行 M 文件
Dbstack	显示 M 文件执行时调用的堆栈
Dbup/dbdowm	实现工作区间的切换
dbquit	结束调试状态

2.3.2 程序的优化

1) 程序好坏的判断

在 MATLAB 语言中,使用 profile 函数以及计时函数 tic 和 toc 来分析程序中各个部分的耗时情况,从而帮助用户找出程序中需要改进的地方。其中,函数 profile 在计算相对耗时以及查找文件执行过程中查看问题时最为有效,而函数 tic 和 toc 在计算绝对耗时时更为有效。

2) 程序优化的基本技巧

循环运算是 MATLAB 中的最大弱点,在程序设计中,应当尽量避免使用循环运算。因为 MATLAB 是一门矩阵语言,它只是为向量和矩阵运算设计的。可以通过将 M 文件向量化来优化 M 文件。所谓向量化,就是使用向量和矩阵运算来代替 for 循环和 while 循环。为了给程序优化,还可以设置数据的预定义,即对于可能出现变量维数不断扩大的问题,应当预先估计变量可能出现的最大维数,进行预先定义。表 2.3 是使用 zeros 和 cell 函数进行预定义的示例。

表 2.3 zeros 和 cell 函数进行预定义

矩阵类型	函 数	示 例
数值型	zeros	y=zeros(1,50)
单元型	cell	B=cell(2,3);B{1,3}=1:3

3 MATLAB 对连续信号与系统的时域分析

3.1 常用连续信号的 MATLAB 实现

1) 正弦波信号

设 $f(t) = A\sin(\omega t + \varphi)$ 表示的信号为正弦信号，其中 A、ω、φ 与时间 t 无关且是常数，t 定义在 $(-\infty, +\infty)$ 区间上。

正弦信号 $A\cos(\omega t + \varphi)$ 和 $A\sin(\omega t + \varphi)$ 分别用 MATLAB 的内部函数 sin 和 cos 表示，其调用形式分别为：

$$A * \cos(w * t + phi)$$
$$A * \sin(w * t + phi)$$

【例 3.1】 正弦信号 $\sin(2\pi t + \pi/6)$ 的 MATLAB 实现如下：

```
//program 3_1
A=1;w=2*pi;
phi=pi/6;
t=0:0.001:8;
ft=A*sin(w*t+phi);
plot(t,ft);
title('正弦信号');grid on;
```

运行结果如图 3.1 所示。

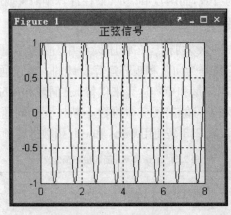

图 3.1 正弦信号

2) 指数信号

设 $f(t) = A e^{st}$ 表示指数信号，其中：当 A、s 均为常实数时，则 $f(t)$ 为实指数信号；当 A 为常实数、s 为纯虚数时，则 $f(t)$ 为虚指数信号。当 A、s 均为复数时，$f(t)$ 为复指数信号。

指数信号 Ae^{at} 在 MATLAB 中可用 exp 函数表示，其调用形式为：

$$A * \exp(a * t)$$

【例 3.2】　单边衰减指数信号 $2e^{-0.5t}$ 的 MATLAB 实现如下：

```
//program 3_2
A=2;a=-0.5;
t=0:0.001:10;
ft=A*exp(a*t);
plot(t,ft);
title('单边衰减指数信号');
grid on;
```

运行结果如图 3.2 所示。

【例 3.3】　已知信号 $f(t) = e^{-2t+5jt}$，利用 MATLAB 实现的源程序如下：

```
//program 3_3
clear all;
t=0:0.01:3;
a=-2;b=5;
z=exp((a+i*b)*t);
subplot(2,1,1)
plot(t,real(z)),title('实部');xlabel('时间(t)');ylabel('幅值(f)');
subplot(2,1,2)
plot(t,imag(z)),title('虚部');xlabel('时间(t)');ylabel('幅值(f)');
```

运行结果如图 3.3 所示。

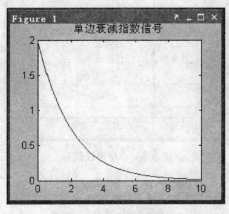

图 3.2　单边指数衰减信号

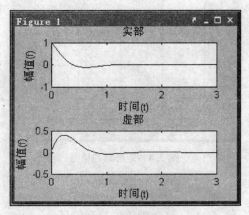

图 3.3　复指数信号

3）矩形脉冲信号

矩形脉冲信号在 MATLAB 中用 rectpuls 函数表示，其调用形式为：

$$f = \text{rectpuls}(t, \text{width})$$

该函数用以产生一个幅值为 1、宽度 width $t = 0$ 为对称的矩形波。width 的默认值为 1。

【例 3.4】　以 $t = 2$ 为对称中心的矩形脉冲信号的 MATLAB 实现如下：

```
//program 3_4
t=0:0.001:4;
ft=rectpuls(t-2,2);
plot(t,ft);
axis([0,4,0,1.1]);
title('矩形脉冲信号');
grid on;
```
运行结果如图3.4所示。

4) 单位阶跃信号

设 $f(t) = \varepsilon(t)$ 为单位阶跃信号。

【例3.5】 单位阶跃信号的 MATLAB 实现如下：
```
//program 3_5
t=0:0.001:4;
ft=(t>1);
plot(t,ft);
axis([0,4,-0.1,1.2]);
title('单位阶跃信号');
grid on;
```
生成的单位阶跃信号如图3.5所示。

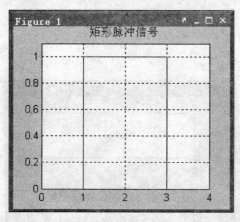

图3.4 矩形脉冲信号

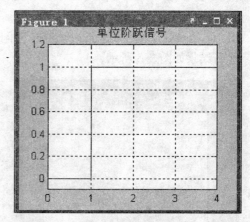

图3.5 单位阶跃信号

5) 单位冲激信号

设 $f(t) = \delta(t)$ 为单位冲激信号。

【例3.6】 利用 MATLAB 程序生成单位冲激信号的源程序如下：
```
//program 3_6
clear;
t0=0;dt=0.1;
t=-1:0.1:5;
n=length(t);
x=zeros(1,n);
```

```
x(1,(t0-t1)/dt+1)=1/dt;
stairs(t,x);%阶梯图
axis([t1,t2,0,1/dt]);
xlabel('时间(t)');ylabel('幅值(f)');title('单位冲激信号');
```

生成的单位冲激信号如图 3.6 所示。

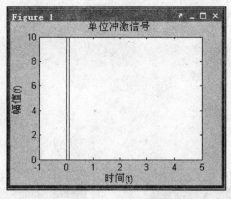

图 3.6 单位冲激信号

3.2 连续信号运算的 MATLAB 实现

3.2.1 连续信号的基本运算

连续信号的基本运算包括连续信号的相加、相乘、翻转、移位和展缩，以及连续信号的微分和积分。

在 MATLAB 中，用符号命令来表示两个连续信号的相加和相乘。

1) 相加和相乘

设两个连续信号 $f_1(t)$ 和 $f_2(t)$，其和信号 $y_1(t)$ 和积信号 $y_2(t)$ 可表示为：

$$y_1(t) = f_1(t) + f_2(t)$$
$$y_2(t) = f_1(t) * f_2(t)$$

【例 3.7】 已知两个连续信号 $f_1(t) = e^{-\frac{1}{5}t}$ 和 $f_2(t) = \sin\frac{\pi}{2}t$，利用 MATLAB 实现两信号的和信号 $f(k) = f_1(k) + f_2(k)$。

源程序如下：

```
//program 3_7
clear all;
dt=0.001;
t=0:dt:8;
y1=exp((-1/5)*t);
y2=sin(pi*t/2);
y=y1+y2;
plot(t,y);
```

运行结果如图 3.7 所示。

【例 3.8】　已知两信号 $f_1(k) = f_2(k) = \sin\dfrac{\pi}{2}t$，利用 MATLAB 绘出两信号的乘积 $f(k) = f_1(k) * f_2(k)$ 的波形。

源程序如下：

```
//program 3_8
clear all；
dt=0.001
t=0：dt：4；
y1=sin(pi * t/2)；
y2=sin(pi * t/2)；
y=y1. * y2；
plot(t,y)；
```

运行结果如图 3.8 所示。

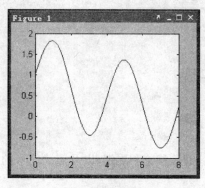

图 3.7　和信号

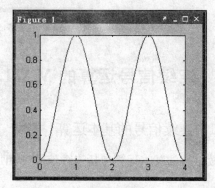

图 3.8　积信号

2）翻转

将信号 $f(t)$ 的自变量 t 换成 $-t$，得到另一个信号 $f(-t)$，称之为翻转。在 MATLAB 中，可以直接编写程序。

【例 3.9】　利用 MATLAB 实现 $f_1(t) = 5t$ 翻转信号 $f_2(t) = -5t$。

源程序如下：

```
//program 3_9
clear all；
t=0：0.01：1；
t1=-1：0.01：0；
f1=5 * t；
f2=5 * (-t1)；
grid on；
plot(t,f1,'--',t1,f2)；
xlabel('t ')；ylabel('y(t)')；
title('信号的翻转')；
```

运行结果如图 3.9 所示。

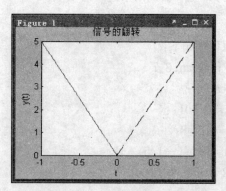

图 3.9　信号翻转

3) 移位

将信号 $f(t)$ 的自变量 t 换成 $t \pm t_0$，得到另一
信号 $f(t \pm t_0)$，这种变换称为信号的移位。

【例 3.10】 利用 MATLAB 实现 $f(t) = e^{-0.5t}\varepsilon(t)$ 向右移 2 和向左移 2 的波形。

源程序如下：

```
//program 3_10
clear;
close all;
t = -5:0.01:5;
x = exp(-0.5 * t). * stepfun(t,0)
x1 = exp(-0.5 * (t+2)). * stepfun(t,2);
x2 = exp(-0.5 * (t-2)). * stepfun(t,-2);
subplot(311)
plot(t,x)        //Plot x(t)
grid on,
title ('原信号 x(t)')
subplot (312)
plot (t,x1)       //Plot x1(t)
grid on,
title ('左移信号 x(t)')
subplot (313)
plot (t,x2)       //Plot x2(t)
grid on,
title ('右移信号 x(t)')
xlabel ('时间 t');
```

运行结果如图 3.10 所示。

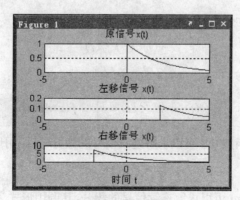

图 3.10　信号移位

4) 展缩

将信号 $f(t)$ 的自变量 t 换成 at，a 为正数，这种变换称为信号的展缩。

【例 3.11】　$f(t) = \sin 3\pi t$ 压缩 1/2 倍。

源程序如下：

```
//program 3_11
clear all;
t=0:0.001:1;
a=2;
y1=sin(3*pi*t);
y2=sin(3*a*pi*t);
subplot(211)
plot(t,y1);
xlabel('t');ylabel('y1(t)');
subplot(212)
plot(t,y2);
xlabel('t');ylabel('y2(t)');
title('尺度缩小');
```

运行结果如图 3.11 所示。

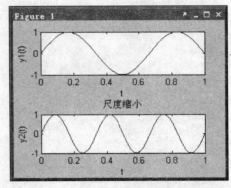

图 3.11　信号缩小

5) 微分和积分

连续信号 $f(t)$ 的微分为：

$$y(t) = f^{(1)}(t)$$

连续信号 $f(t)$ 的积分为：

$$y(t) = f^{(-1)}(t) = \int_{-\infty}^{t} f(\tau)\mathrm{d}\tau$$

在 MATLAB 中，利用函数 diff 可以求解连续信号的微分，其调用形式为：

$$\mathrm{diff}(f)$$

在 MATLAB 中，利用函数 int 可以求解连续信号的积分，其调用形式为：

$$\mathrm{int}(f)$$

式中：f 表示函数。

【例 3.12】　已知信号 $f(t) = t^3$，利用 MATLAB 求解 $f(t)$ 的微分和积分。

(1) 微分源程序如下：

```
//program 3_12
clear all;
t=-0.5:0.02:0.5;
f=t.*t.*t;
d=diff(f);
subplot(211)
plot(t,f,'-');
xlabel('t');ylabel('y(t)');
subplot(212)
plot(d,'-');
title('微分');
xlabel('t');ylabel('d(t)');
```

运行结果如图 3.12 所示。

(2) 积分源程序如下：

```
clear all;
t=-0.5:0.2:0.5;syms t;
f=t.*t.*t;
d=int(f);
subplot(211)
ezplot(f);
xlabel('t');ylabel('f(t)');
subplot(212)
ezplot(d);
title('积分');
xlabel('t');ylabel('d(t)');
```

运行结果如图 3.13 所示。

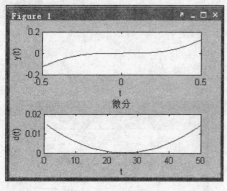

图 3.12　微分波形

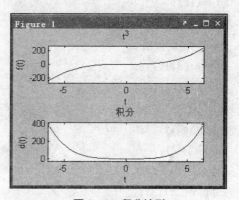

图 3.13　积分波形

3.2.2　连续信号的卷积计算

设 $f_1(t)$ 和 $f_2(t)$ 是在 $(-\infty, +\infty)$ 区间上两个连续时间信号，其卷积为：

$$f_1(t) * f_2(t) = \int_{-\infty}^{\infty} f_1(\tau) f_2(t-\tau) \mathrm{d}\tau$$

卷积的计算通常可按以下 5 个步骤进行(以卷积积分为例):

(1) 变换两个信号波形图中的横坐标,由 t 改为 τ,τ 变换成函数的自变量。

(2) 把其中一个信号反卷积,如把 $h(\tau)$ 变换成 $h(-\tau)$。

(3) 把反卷积后的信号进行移位,移位量是 t,这样 t 是一个参变量。在 τ 坐标系中,$t > 0$ 时图形右移,$t < 0$ 时图形左移。

(4) 计算两个信号重叠部分的乘积 $x(\tau)h(t-\tau)$。

(5) 完成相乘后图形的积分。

按照上述五个步骤,进行卷积积分运算时,关键是正确确定不同情况下的积分限。只要正确确定了积分限,都能得到正确的积分结果。尽管如此,在时域中计算卷积积分总体上来说是一项比较困难的工作。在 MATLAB 中,利用函数 conv 可以很容易地进行两个信号的卷积积分运算,其调用形式为:

$$f = \mathrm{conv}(f1, f2)$$

式中:f1 和 f2 分别是两个进行卷积运算的信号,f 是卷积运算的结果。

【例 3.13】 已知 $f_1(t) = 2t+1$,$f_2(t) = 6t$,利用 MATLAB 计算卷积 $f_1(t) * f_2(t)$ 的波形。

源程序如下:

```
//program 3_13
s=0.01;
k1=0:s:2;
k2=k1;
f1=2*k1+1;
f2=6*k2;
f=conv(f1,f2);
f=f*s;
k0=k1(1)+k2(1);
k3=length(f1)+length(f2)-2;
k=k0:s:k3*s;
subplot(3,1,1);
plot(k1,f1);
title('f1(t)');
subplot(3,1,2);
plot(k2,f2);
title('f2(t)');
subplot(3,1,3);
plot(k,f);
title('f(t)');
```

运行结果如图 3.14 所示。

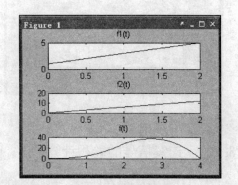

图 3.14　卷积波形

3.3　连续系统的响应

3.3.1　连续系统的冲激响应和阶跃响应

对于 n 阶线性时不变(LTI)连续系统,其输入输出方程是线性、常系数 n 阶微分方程。设 $f(t)$ 是系统输入,$y(t)$ 是系统输出,则可表示为:

$$y^{(n)}(t) + a_{n-1}y^{(n-1)}(t) + \cdots + a_1 y^{(1)}(t) + a_0 y(t)$$
$$= b_m f^{(m)}(t) + b_{m-1}f^{(m-1)}(t) + \cdots + b_1 f^{(1)}(t) + b_0 f(t)$$

式中:$a_i(i = 0,1,\cdots,n-1)$ 和 $b_j(j = 0,1,\cdots,m)$ 均为常数。

1) 连续系统的冲激响应

当系统的初始状态全部为 0 时,仅由单位冲激信号输入系统所产生的输出响应称为系统的冲激响应,用方框图表示如图 3.15 所示。

$$\xrightarrow[x(0^-)=0]{\delta(t)} \boxed{\text{LTI 系统}} \xrightarrow{h(t)}$$

图 3.15　系统冲激响应框图

在 MATLAB 中,利用函数 impulse 可求解系统冲激响应,其调用形式为:

$$y = \text{impulse}(\text{sys},t)$$

式中:sys 表示 LTI 系统模型,用来表示微分方程、差分方程、状态方程。

利用函数 tf 获得微分方程的 LTI 系统模型,其调用形式为:

$$\text{sys} = \text{tf}(b,a)$$

式中:b 和 a 分别为微分方程右端和左端的各项系数向量。

【例 3.14】　已知连续系统:

$$2y^{(3)}(t) + y^{(2)}(t) + 5y^{(1)}(t) + 9y(t) = 5f^{(2)}(t) + 6f^{(1)}(t) + 8f(t)$$

利用 MATLAB 求解该系统的冲激响应。

源程序如下:

```
//program 3_14
clear all;
b=[5 6 8];a=[2 1 5 9];
sys=tf(b,a);
t=0:0.2:8;
y=impulse(sys,t);
plot(t,y);
xlabel('时间(t)');ylabel('y(t)');title('单位冲激响应');
```

运行结果如图 3.16 所示。

2) 连续系统的阶跃响应

当系统的初始状态全部为 0 时,仅由单位阶跃信号输入系统所产生的输出响应称为系统的阶跃响应,用方框图表示

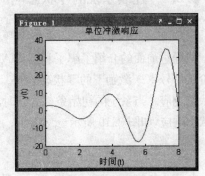

图 3.16　连续系统的冲激响应

如图 3.17 所示。

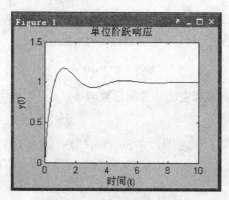

图 3.17　系统阶跃响应框图

在 MATLAB 中,可以利用函数 step 求解阶跃响应,其调用形式为:

$$y = step(sys, t)$$

【例 3.15】　已知连续系统:

$$2y^{(3)}(t) + y^{(2)}(t) + 5y^{(1)}(t) + 9y(t) = 5f^{(2)}(t) + 6f^{(1)}(t) + 8f(t)$$

利用 MATLAB 计算系统的阶跃响应。

源程序如下:

```
//program 3_15
b=[3 5 8];a=[1 4 6 8];
sys=tf(b,a);
t=0:0.1:10;
y=step(sys,t);
plot(t,y);
xlabel('时间(t)');ylabel('y(t)');title ('单位阶跃响应');
```

运行结果如图 3.18 所示。

图 3.18　连续系统的阶跃响应

3.3.2　连续系统的零状态响应和全响应

1) 连续系统的一般零状态响应

通过前面的介绍了解了利用 MATLAB 分析系统在冲激信号 $\delta(t)$ 激励下的零状态响应和在阶跃信号 $\varepsilon(t)$ 激励下的零状态响应。接着进一步利用 MATLAB 分析一般信号 $f(t)$ 激励下的零状态响应。当系统的初始条件为 0 时,由一般信号 $f(t)$ 输入系统所产生的输出响应称为系统的零状态响应,如图 3.19 所示。

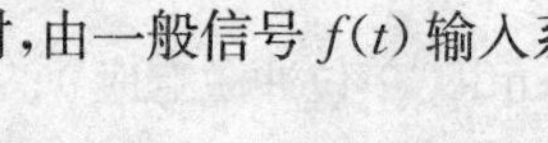

图 3.19　系统零状态响应框图

LTI 连续系统可以用常系数微分方程描述,因此,系统的零状态可以通过求解初始条件为 0

的微分方程而得到。

LTI 连续系统以常系数微分方程描述,系统的零状态响应可通过初始状态为 0 的微分方程得到。在 MATLAB 中,可以利用函数 lsim 来求解,其调用方式为:

$$y = lsim(sys, x, t)$$

式中:t 表示计算系统响应的抽样点向量;x 是系统输入信号向量;sys 表示 LTI 系统模型,用来表示微分方程、差分方程、状态方程。

在求解微分方程时,微分方程的 LTI 系统模型 sys 要借助 tf 函数获得,其调用方式为:

$$sys = tf(b, a)$$

式中:b 和 a 分别为微分方程右端和左端的各项系数向量。

【例 3.16】 某 LTI 连续系统的微分方程为:

$$y^{(3)}(t) + 3y^{(2)}(t) + 5y(t) = f^{(2)}(t) + 3f^{(1)}(t) + 4f(t)$$

利用 MATLAB 求出当输入信号为 $f(t) = \sin(t)$ 时该系统的零状态响应波形。

源程序如下:

```
//program 3_16
clear all;
b=[1 3 4];a=[1 3 0 5];
sys=tf(b,a);
t=0:0.1:10;
x=sin(t);
y=lsim(sys,x,t);
plot(t,y);
xlabel('时间(t)');ylabel('y(t)');title ('零状态响应');
```

运行结果如图 3.20 所示。

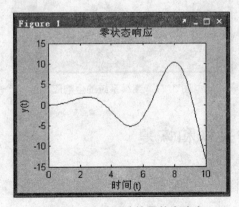

图 3.20 连续系统的零状态响应

2) 连续系统的全响应

LTI 连续系统的全响应 $y(t)$ 由零状态响应和零输入响应构成,即

$$y(t) = y_x(t) + y_f(t)$$

理论计算全响应比较复杂,利用 MATLAB 很容易计算全响应的波形。MATLAB 提供的函

数 lsim 可以计算全响应,其调用形式为:

$$\text{lsim}(\text{sys},f,t,z)$$

式中:f 为系统的输入;z 为系统的初始状态。

【例 3.17】 利用 MATLAB 求系统

$$y^{(2)}(t)+3y^{(1)}(t)+y(t)=f^{(1)}(t)+2f(t)$$

的全响应,已知输入信号 $f(t)=\cos t$。

源程序如下:

```
//program 3_17
clear all;
b=[1 2];a=[1 3 1];
[A B C D]=tf2ss(b,a);
sys=ss(A,B,C,D);
f=cos(t);z=[-1 0];
y=lsim(sys,f,t,z);
plot(t,y);
xlabel('时间(t)');ylabel('y(t)');title ('全响应');
```

运行结果如图 3.21 所示。

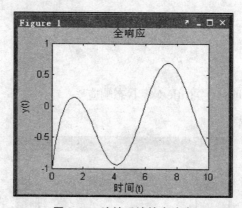

图 3.21　连续系统的全响应

3.4　连续信号的采样和恢复

3.4.1　连续信号的采样

采样(sampling,或称取样、抽样)就是从连续时间信号中抽取一系列的信号样本,从而得到一个离散时间序列(discrete-time sequence),这个离散序列经量化(quantize)后,就成为数字信号(digital signal)。信号的理想采样原理如图 3.22 所示。

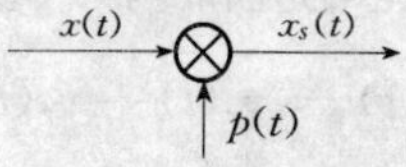

图 3.22　采样原理

【例3.18】 设连续时间信号为一个正弦信号 $x(t) = \cos 0.5\pi t$，采样周期 $T_s = \dfrac{1}{4}$ s，试编写程序绘制信号 $x(t)$ 和已采样信号 $x(k)$ 的波形图。

源程序如下：

```
//program 3_18
clear,
close all,
dt=0.01;
t = 0:dt:10;
Ts = 1/4;       //Sampling period
n = 0:Ts:10;        //Make the time variable to be discrete
x = cos(0.5 * pi * t);
xn = cos(0.5 * pi * n);       //Sampling
subplot(211)
plot(t,x),
title('A continuous—time signal x(t)'), xlabel('Time t ')
subplot(212)
stem(n,xn,'. '),
title('The sampled version x[n] of x(t)'),
xlabel('Time index n ')
```

运行结果如图 3.23 所示。

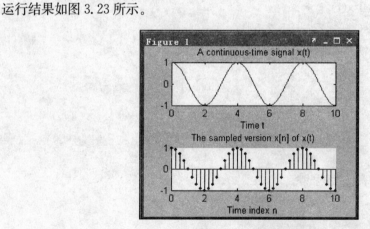

图 3.23　连续信号的采样

3.4.2　连续信号的恢复

如果满足采样定理，那么就可以唯一地由已采样信号 $x(n)$ 恢复出原连续时间信号 $x(t)$。在理想情况下，可以将离散时间序列通过一个理想低通滤波器。图 3.24 给出了理想情况下信号重建的原理示意图。

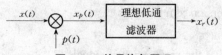

图 3.24　信号恢复原理

理想低通滤波器也称信号恢复滤波器,其单位冲激响应为:

$$h(t) = \frac{\omega_c T \sin \omega_c t}{\pi \omega_c t}$$

【例 3.19】 如下:

```
//Program3_19
//Signal sampling and reconstruction
//The original signal is the raised cosin signal:
x(t) = [1+cos(pi * t)]. * [u(t+1)−u(t−1)].
clear;
close all,
wm = 2 * pi;
//The highest frequency of x(t)
a = input('Type in the frequency rate ws/wm=:');
//ws is the sampling frequency
wc = wm;
//The cutoff frequency of the ideal lowpass filter
t0 = 2;  t = −t0:0.01:t0;
x = (1+cos(pi * t)). * (u(t+1)−u(t−1));
subplot(221);
//Plot the original signal x(t)
plot(t,x); grid on, axis([−2,2,−0.5,2.5]);
title('Original signal x(t)');xlabel('Time t');
ws = a * wm;
//Sampling frequency
Ts = 2 * pi/ws;
//Sampling period
N = fix(t0/Ts);
//Determine the number of samplers
n = −N:N;
nTs = n * Ts;
//The discrete time variable
xs = (1+cos(pi * nTs)). * (u(nTs+1)−u(nTs−1));
//The sampled version of x(t)
subplot(2,2,2)
//Plot xs
stem(n,xs,'. '); xlabel('Time index n');
grid on, title('Sampled version x[n]');
xr = zeros(1,length(t));
//Specify a memory to save the reconstructed signal
L = length(−N:N);
```

```
xa = xr;
figure(2);
//Open a new figure window to see the demo of signal reconstruction
stem(nTs,xs,'.'); xlabel('Time index n'); grid on;hold on
for i = 1:L
    m = (L-1)/2+1-i;
    xa = Ts * (wc) * xs(i) * sinc((wc) * (t+m * Ts)/pi)/pi;
    plot(t,xa,'b:');axis([-2,2,-0.5,2.5]); hold on
    pause
    xr = xr+xa;
//Interpolation
end
plot(t,xr,'r'); axis([-2,2,-0.5,2.5]); hold on
figure(1);
subplot(223)
plot(t,xr,'r');axis([-2,2,-0.5,2.5]);
xlabel('Time t');grid on
title('Reconstructed signal xr(t)');
//Compute the error between the reconstructed signal and the original signal
error = abs(xr-x);
subplot(2,2,4)
plot(t,error);grid on
title('Error');xlabel('Time t')。
```

4 MATLAB 对连续信号与系统的频域分析和 s 域分析

4.1 连续信号的傅里叶变换

4.1.1 常用连续信号的傅里叶变换

由傅里叶变换的定义,非周期信号 $f(t)$ 的傅里叶变换为:

$$F(j\omega) = \int_{-\infty}^{\infty} f(j\omega) e^{-j\omega t} dt$$

在 MATLAB 中,利用函数 fourier 实现信号 $f(t)$ 的傅里叶变换,其调用形式为:

$$F = fourier(f)$$

1) 单边指数信号

单边指数函数可以表示为:

$$f(t) = Ae^{-at}\varepsilon(t) \qquad a > 0$$

其傅里叶变换为:

$$F(j\omega) = \frac{A}{a + j\omega}$$

【例 4.1】 已知信号 $f(t) = e^{-2t}\varepsilon(t)$,利用 MATLAB 实现其傅里叶变换 $F(j\omega)$ 。
源程序如下:

```
syms t f;
f=exp(−2 * t) * sym('Heaviside(t)');
F=fourier(f);
subplot(2,1,1);
ezplot(f);
subplot(2,1,2);ezplot(abs(F));
```

运行结果如图 4.1 所示。

2) 矩形脉冲

矩形脉冲函数可以表示为:

$$f(t) = AG_\tau(t) = \begin{cases} A & |t| < \dfrac{\tau}{2} \\ 0 & |t| > \dfrac{\tau}{2} \end{cases}$$

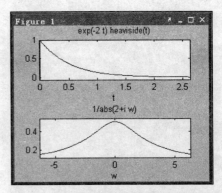

图 4.1 连续信号的波形及其幅频特性

其傅里叶变换为：

$$F(j\omega) = A\tau sa\left(\frac{\omega \tau}{2}\right)$$

式中：sa(·)表示采样函数。

【例 4.2】 已知信号 $f(t) = G_4(t)$，利用 MATLAB 实现其傅里叶变换。

源程序如下：

```
clear all;
R=0.01;t=-3:R:3;
f=stepfun(t,-1)-stepfun(t,1);
w1=2*pi*5;
N=500;k=0:N;w=k*w1/N;
F=f*exp(-j*t'*w)*R;
F=real(F);
w=[-fliplr(w),w(2:501)];
F=[fliplr(F),F(2:501)];
subplot(2,1,1);plot(t,f);
xlabel('t');ylabel('f(t)');
title('门函数');
subplot(2,1,2);plot(w,F);
xlabel('w');ylabel('F(w)');
title('f(t)的傅里叶变换 F(w)');
```

运行结果如图 4.2 所示。

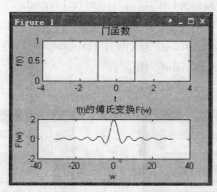

图 4.2   连续信号的波形及其傅里叶变换

4.1.2   傅里叶变换的性质

1）时移性

时移性也称延时特性，可以表示为：若 $f(t) \leftrightarrow F(j\omega)$，则有 $f(t-t_0) \leftrightarrow F(j\omega)e^{-j\omega t_0}$。

【例 4.3】 利用 MATLAB 实现信号 $f(t) = \frac{2}{3}e^{-3t}\varepsilon(t)$ 及其 $f(t-1)$ 的频谱图。

（1）原信号的源程序如下：

```
clear all;
```

```
R=0.02;
t=-5:R:5;
N=200;
w=2*pi;
k=-N:N;
w=k*w/N;
f1=2/3*exp(-3*t).*stepfun(t,0);
F=R*f1*exp(-j*t'*w);
F1=abs(F);
P1=angle(F);
subplot(3,1,1);plot(t,f1);
xlabel('t');ylabel('f(t)');title('f(t)');
subplot(3,1,2);plot(w,F1);
xlabel('w');ylabel('F(jw)');
subplot(3,1,3);plot(w,P1);
xlabel('w ');ylabel('相位');
```

运行结果如图 4.3 所示。

(2) 时移信号的源程序如下:

```
clear all;
R=0.02;t=-5:R:5;N=200;w=2*pi;k=-N:N;w=k*w/N;
f1=2/3*exp(-3*(t-1)).*stepfun(t,1);
F=R*f1*exp(-j*t'*w);
F1=abs(F);P1=angle(F);subplot(3,1,1);plot(t,f1);grid;
xlabel('t');ylabel('f(t)');title('f(t-1)');subplot(3,1,2)
plot(w,F1);xlabel('w');grid;ylabel('|F(jw)|');subplot(3,1,3)
plot(w,P1);xlabel('w');grid;ylabel('相位');
```

运行结果如图 4.4 所示。

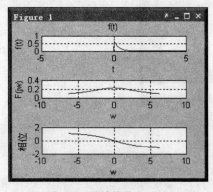
图 4.3　原始信号 $f(t)$

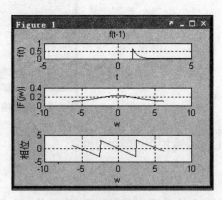
图 4.4　时移信号 $f(t-1)$

2) 频移性

频移特性可以表示为:若 $f(t) \leftrightarrow F(j\omega)$,则 $f(t)e^{j\omega_0 t} \leftrightarrow F(j\omega - j\omega_0)$。

【例 4.4】 已知两信号:

$$f_1(t) = \varepsilon(t-2) - \varepsilon(t+2)$$
$$f_2(t) = [\varepsilon(t-2) - \varepsilon(t+3)]e^{j5t}$$

利用 MATLAB 实现傅里叶变换的频移特性。

源程序如下：

```
clear all;
R=0.02;
t=-2:R:2;
f=stepfun(t,-2)-stepfun(t,2);
f1=f;f2=f.*exp(j*5*t);
w1=2*pi*5;
N=500;
k=-N:N;
w=k*w1/N;
F1=f1*exp(-j*t'*w)*R;
F2=f2*exp(-j*t'*w)*R;
F1=real(F1);
F2=real(F2);
subplot(2,1,1);plot(w,F1);
xlabel('w');ylabel('F1(jw)');
title('频谱 F1(jw)');
subplot(2,1,2);plot(w,F2);
xlabel('w');ylabel('F2(jw)');
title('频谱 F2(jw)');
```

运行结果如图 4.5 所示。

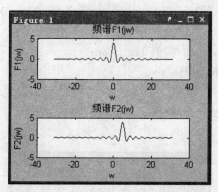

图 4.5　原信号频谱与频移信号频谱

傅里叶变换的性质还有线性、奇偶特性、对称性、尺度变换、卷积定理、时域微积分和频域微积分等，在这里不一一介绍。

4.2　连续系统的频率响应

频率特性即频率响应特性，也称频率响应（frequency response），是指系统在正弦信号激励下的稳态响应随频率变化的情况，包括响应的幅度随频率的变化情况和响应的相位随频率的变化情况两个方面。

连续时间系统的频率响应 $H(j\omega)$ 是 $j\omega$ 的有理多项式，即

$$H(j\omega) = \frac{B(j\omega)}{A(j\omega)} = \frac{b_0(j\omega)^n + b_1(j\omega)^{n-1} + \cdots + b_n}{a_0(j\omega)^m + a_1(j\omega)^{m-1} + \cdots + a_m}$$

频率响应可分为幅频响应和相频响应两部分，即

$$H(j\omega) = |H(j\omega)| e^{j\varphi(\omega)}$$

式中：$|H(j\omega)|$ 称为系统的幅频响应或幅度响应；$\varphi(\omega)$ 称为系统的相频响应或相位响应。

MATLAB 信号处理工具箱提供的 freqs 函数可计算系统的频率响应，其一般调用形式为：

$$H = freqs(b, a, w)$$

式中：b 和 a 分别为 $H(j\omega)$ 分子多项式和分母多项式的系数向量；w 为需计算的 $H(j\omega)$ 的频率采样点向量。

如果没有输出参数，直接调用 freqs(b, a, w)，则 MATLAB 会在当前绘图窗口中自动画出幅频响应和相频响应的曲线图形。

【例 4.5】 某连续系统的频率响应为：

$$H(j\omega) = \frac{2}{(j\omega)^3 + 5(j\omega)^2 + 6(j\omega) + 1}$$

利用 MATLAB 绘出该系统的幅频响应 $|H(j\omega)|$ 和相频响应 $\varphi(\omega)$。

源程序如下：

```
w=linspace(0,5,200);
b=[2];a=[1 5 6 1];
H=freqs(b,a,w);
subplot(2,1,1);plot(w,abs(H));
set(gca,'xtick',[0 1 2 3 4 5]);set(gca,'ytick',[0 0.4 0.707 1]);
title('幅值谱|H(\omega)|');
xlabel('\omega(rad/s)');ylabel('幅值');grid on;
subplot(2,1,2);plot(w,angle(H));
set(gca,'xtick',[0 1 2 3 4 5]);
xlabel('\omega(rad/s)');ylabel('相位');grid on;
```

运行结果如图 4.6 所示。

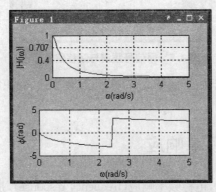

图 4.6 连续系统的幅频响应和相频响应

4.3 连续信号与系统的拉普拉斯变换和拉普拉斯反变换

4.3.1 拉普拉斯变换的 MATLAB 表示

信号 $f(t)$ 双边拉普拉斯变换可表示为:

$$F(s) = \int_{-\infty}^{\infty} f(t) e^{-st} dt$$

信号 $f(t)$ 单边拉普拉斯变换可表示为:

$$F(s) = \int_{0^-}^{\infty} f(t) e^{-st} dt$$

MATLAB 信号处理工具箱提供的 laplace 函数可求解拉普拉斯变换,其调用形式为:

$$L = laplace(f)$$

【例 4.6】 已知信号 $f(t) = \cos(6t)$,利用 MATLAB 求解拉普拉斯变换。

源程序如下:

```
clear all;
syms s t;
f=cos(6*t);
L=laplace(f)
```

运行结果为:L =s/(s^2+36)。

因此,$f(t)$ 的拉普拉斯变换为 $F(s) = \dfrac{s}{s^2+36}$。

4.3.2 MATLAB 实现拉普拉斯反变换

$F(s)$ 的双边拉普拉斯变换可以表示为:

$$f(t) = \frac{1}{2\pi j} \int_{\sigma-j\infty}^{\sigma+j\infty} F(s) e^{st} ds \qquad t > -\infty$$

若 $F(s)$ 为 s 的有理分式,则可表示为:

$$F(s) = \frac{B(s)}{A(s)} = \frac{b_m s^m + b_{m-1} s^{m-1} + \cdots + b_1 s + b_0}{s^n + a_{n-1} s^{n-1} + \cdots + a_1 s + a_0}$$

式中:$a_i (i=0,1,2,\cdots,n-1)$、$b_j (j=0,1,2,\cdots,m)$ 均为实数。

MATLAB 信号处理工具箱提供的 ilaplace 函数求解拉普拉斯变换,其调用形式为:

$$L = laplace(F)$$

residue 函数可以求解部分分式展开系数,其调用形式为:

$$[r,p,k] = residue(num,den)$$

式中:num、den 分别是 $F(s)$ 分子多项式和分母多项式的系数向量;r 为所得部分分式展开式的系数向量;p 为极点;k 为直流分量。

【例 4.7】 已知 $F(s) = \dfrac{2(s+6)}{s^2+8s+16}$，利用 MATLAB 求其拉普拉斯反变换 $f(t)$。

源程序如下：

```
clear all;
syms s t;
F=sym('2*(s+6)/(s^2+8*s+16)');
L=ilaplace(F)
```

运行结果为：L = (4 * t + 2) * exp(−4 * t)。

因此，$F(s)$ 的拉普拉斯反变换为 $f(t) = (4t+2)e^{-4t}$。

【例 4.8】 已知系统函数 $H(s) = \dfrac{s^3+3s^2+3s+1}{s^3+4s^2+3s}$，利用 MATLAB 求解其拉普拉斯反变换 $h(t)$。

源程序如下：

```
clear all;
num=[1 3 3 1];
den=[1 4 3 0];
[r,p,k]=residue(num,den)
```

运行结果为：

```
r = −1.3333   0   0.3333
p = −3   −1   0
k = 1
```

因此，$H(s)$ 的拉普拉斯反变换为 $h(t) = 1 - \dfrac{4/3}{s+3} + \dfrac{1/3}{s}$。

4.4　连续系统函数 $H(s)$ 的零极点分布和稳定性

系统函数的零极点图（zero-pole diagram）能够直观地表示系统的零点和极点在 s 平面上的位置，从而比较容易分析系统函数的收敛域（regin of convergence）和稳定性（stability）。因此，通常情况下，系统函数对系统特性的影响取决于系统函数 $H(s)$ 的零极点在 s 平面上的分布。

LTI 连续系统的系统函数 $H(s)$ 是 s 的有理分式，可以表示为：

$$H(s) = \frac{B(s)}{A(s)} = \frac{b_m s^m + b_{m-1} s^{m-1} + \cdots + b_1 s + b_0}{s^n + a_{n-1} s^{n-1} + \cdots + a_1 s + a_0}$$

式中：$a_i\ (i=0,1,2,\cdots,n-1)$、$b_j\ (j=0,1,2,\cdots,m)$ 均为实数，通常 $m \leqslant n$。

$H(s)$ 的一阶极点在 s 平面上的分布与时域信号 $h(t)$ 的对应关系如图 4.7 所示。

当 $H(s)$ 的极点全部在左半平面，$H(s)$ 对应的系统称为稳定系统。

MATLAB 信号处理工具箱提供的 zplane 函数可以直接求解 $H(s)$ 的零极点分布，其调用形式为：

$$\text{zplane}(b,a)$$

式中：b 和 a 分别为系统函数 $H(s)$ 分子多项式和分母多项式的系数向量，该函数的作用是在 s 平面上画出单位圆及系统的零点和极点。

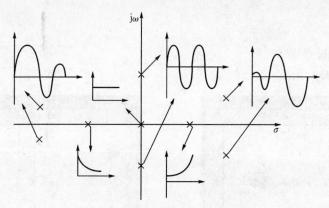

图 4.7　$H(s)$ 的极点与 $h(t)$ 的关系

MATLAB 信号处理工具箱提供的 roots 函数可求解多项式的根,其调用形式为:

$$poles = roots(a)$$

【例 4.9】 已知系统函数 $H(s) = \dfrac{s^2 - 1}{s^3 + 4s^2 + 6s + 2}$,利用 MATLAB 求解 $H(s)$ 的零极点分布。

源程序如下:

```
// splane
// This function is used to draw the zero-pole plot in the s-plane
function splane(num,den)
p = roots(den);       //Determine the poles
q = roots(num);       //Determine the zeros
p = p';  q = q';
x = max(abs([p q]));      // Determine the range of real-axis
x = x+1;
y = x;      // Determine the range of imaginary-axis
plot([-x x],[0 0],':');hold on;      // Draw the real-axis
plot([0 0],[-y y],':');hold on;      // Draw the imaginary-axis
plot(real(p),imag(p),'x');hold on;      // Draw the poles
plot(real(q),imag(q),'o');hold on;      // Draw the zeros
title('zero-pole plot');
xlabel('Real Part');ylabel('Imaginal Part')
axis([-x x -y y]);      //Determine the display-range
```

运行结果如图 4.8 所示。

【例 4.10】 已知系统函数 $H(s) = \dfrac{s + 1}{s^3 + 4s^2 + 8s + 6}$,利用 MATLAB 求解系统的零极点分布,并判断系统的稳定性。

原程序如下:

```
clear all;
b=[1,1];
```

```
a=[1,4,8,6];
zplane(b,a);
legend('零点','极点')
```

运行结果如图 4.9 所示。

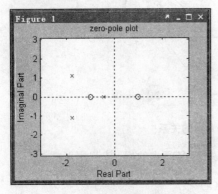

图 4.8　连续系统的零极点分布

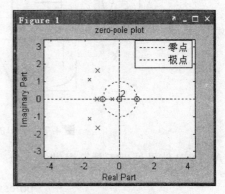

图 4.9　连续系统的零极点分布

由图 4.9 可知，系统的极点都是在 s 左半平面上，所以系统是稳定的。

4.5　连续系统状态方程的 MATLAB 求解

利用状态空间方程分析连续系统，首先应该建立系统的状态空间描述方程，即状态方程和输出方程，其标准形式可表示为：

$$\dot{x}(t) = Ax(t) + Bf(t)$$
$$\dot{y}(t) = Cx(t) + Df(t)$$

MATLAB 信号处理工具箱提供的 ode23 函数可求解状态方程，其调用形式为：

$$[t,y] = ode23('SE', t, x0)$$

式中：SE 为矩阵形式的状态方程；x0 为状态变量初始条件。

比上述函数运算效率高的函数还有 ode45，其调用形式与上述类似。

【例 4.11】　求解某连续系统的状态方程。

源程序如下：

```
//离散系统状态方程求解
//A=input('系数矩阵 A=')
//B=input('系数矩阵 B=')
//x0=input('初始状态矩阵 x0=')
//f=input('输入信号 f=')
clear all
A=[1 6;0 -1];
B=[0 1;3 2];
C=[1 2;0 -1];
D=[1 0;1 3];
x0=[2 -1];
```

```
dt=0.01;
t=0:dt:2;
f(:,2)=exp(-3*t)';
sys=ss(A,B,C,D);
y=lsim(sys,f,t,x0);
subplot(2,1,1);
plot(t,y(:,1),'b');
subplot(2,1,2);
plot(t,y(:,2),'b');
```

运行结果如图 4.10 所示。

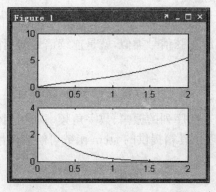

图 4.10   连续系统状态方程的解

MATLAB 对离散信号与系统的时域分析

5.1 常用离散信号的 MATLAB 表示

离散信号与系统分析中常用的基本信号有正弦序列、指数序列、复指数序列、单位门序列、单位阶跃序列、单位冲激序列。

1) 正弦序列

离散正弦信号与连续正弦信号类似,就是连续信号的离散形式。

正弦序列的一般序列为:

$$f(k) = A\cos(\Omega k + \varphi)$$

式中:A、Ω 和 φ 分别为正弦序列的振幅、数字角频率和初相位。

MATLAB 信号处理工具箱提供的 stem 函数可绘制离散序列图,其调用形式为:

$$\mathrm{stem(x,y)}$$

【例 5.1】 已知离散正弦序列 $f(k) = \sin\dfrac{\pi k}{8}$,利用 MATLAB 绘出其波形。

源程序如下:

```
clear;        // Clear all variables
close all;        // Close all figure windows
k = -10:10;        // Specify the interval of time
x = sin(pi * k/8);        // Generate the signal
stem (k,x)        // Open a figure window and draw the plot of x[n]
title ('正弦序列')
xlabel ('时间(k)');
ylabel('f(k)');
```

运行结果如图 5.1 所示。

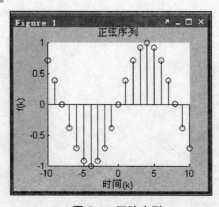

图 5.1 正弦序列

2) 指数序列

指数序列的一般形式为：

$$f(k) = Ae^{\alpha k}$$

式中：若 A 和 α 均为实数，则 $f(k)$ 为实指数序列；若 $A=1$，$\alpha=\mathrm{j}\Omega$，则 $f(k)$ 为虚指数序列；若 A 和 α 均为实数，则 $f(k)$ 为实指数序列。

【例 5.2】 已知指数序列 $f(k) = 2e^{-0.8t}$，利用 MATLAB 绘出其波形。

源程序如下：

```
k=-1:15;
a=-0.8;
A=2;
f=A*a.^k;
stem(k,f,'filled');
title('指数序列');
xlabel('时间(k)');
ylabel('f(k)');
```

运行结果如图 5.2 所示。

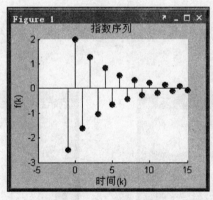

图 5.2　指数序列

【例 5.3】 已知复指数序列 $f(k) = 4e^{-\frac{1}{20}k+\frac{\pi}{5}jk}$，利用 MATLAB 绘出其实部和虚部波形。
源程序如下：

```
clear all;
a=-(1/20)+(pi/5)*i;
k=4;
n=0:60;
x=k*exp(a*n);
subplot(2,1,1);
stem(n,real(x));
ylabel('幅值 f(k)');
title('实部');
subplot(2,1,2);
stem(n,imag(x));
```

```
xlabel('时间(k)');
ylabel('幅值 f(k)');
title('虚部');
```
运行结果如图 5.3 所示。

3）单位门序列

门序列的一般表示形式为：

$$G_N(k) = \begin{cases} 1 & 0 \leqslant k \leqslant N-1 \\ 0 & 其他 \end{cases}$$

【例 5.4】 已知单位门序列 $G_7(k) = \begin{cases} 1 & 0 \leqslant k \leqslant 6 \\ 0 & 其他 \end{cases}$，利用 MATLAB 绘出其波形。

源程序如下：
```
k1=0;
k2=6;
k=k1:k2;
f=[1,1,1,1,1,1,1];
stem(k,f,'filled');
title('门序列');
xlabel('时间(k)');
ylabel('f(k)');
```
运行结果如图 5.4 所示。

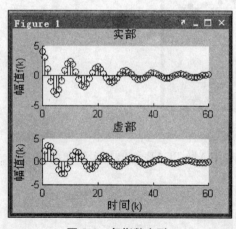

图 5.3　复指数序列

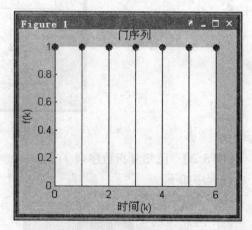

图 5.4　单位门序列

4）单位阶跃序列

单位阶跃序列可以表示为：

$$\varepsilon(k) = \begin{cases} 1 & k \geqslant 0 \\ 0 & k < 0 \end{cases}$$

对于单阶跃序列，一般可以通过以下两种方法来得到：

（1）借助 MATLAB 中的单位矩阵函数 ones 表示。单位矩阵 ones$(1,M)$ 产生一个由 M 个 1 组成的列向量。

（2）将单位序列写成 MATLAB 函数，并利用关系运算"大于等于"来实现。

【例 5.5】 已知有限区间的单位阶跃序列 ε(k)，利用 MATLAB 绘制其波形。

源程序如下：

```
k=-50:50;
uk=[zeros(1,50),ones(1,51)];
stem(k,uk);axis([-50,50,0,1.1]);grid on;
```

运行结果如图 5.5 所示。

5）单位冲激序列

单位冲激序列可以表示为：

$$\delta(k) = \begin{cases} 0 & k \neq 0 \\ 1 & k = 0 \end{cases}$$

对于单位冲激序列，一般可以通过以下两种方法来得到：

（1）借助于 MATLAB 中的零矩阵函数 zeros 表示。零矩阵 zeros(1,M) 产生一个由 M 个 0 组成的列向量。

（2）将单位冲激序列写成 MATLAB 函数，利用关系运算"等于"来实现。

【例 5.6】 已知有限区间的单位冲激序列 δ(k)，利用 MATAB 绘出其波形。

源程序如下：

```
k=-50:50;
delta=[zeros(1,50),1,zeros(1,50)];
stem(k,delta);axis([-50,50,0,1.1]);
title('单位脉冲序列') grid on;
```

运行结果如图 5.6 所示。

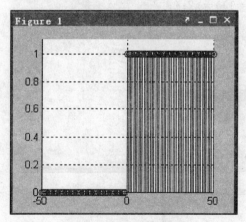

图 5.5 单位阶跃序列

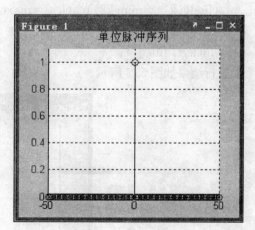

图 5.6 单位冲激序列

5.2　离散信号运算的 MATLAB 实现

5.2.1　离散信号的基本运算

与连续系统类似,两个离散信号之间的基本运算包括相加、相乘、翻转、移位、倒相等。

1) 相加和相乘

设两个离散信号 $f_1(k)$ 和 $f_2(k)$,其和信号 $y_1(k)$ 和积信号 $y_2(k)$ 可表示为:

$$y_1(k) = f_1(k) + f_2(k)$$
$$y_2(k) = f_1(k) * f_2(k)$$

【**例 5.7**】　已知两个离散序列 $f_1(k) = \left\{-3,-2,-1,0,1,2,3\right\}$, $f_2(k) = \left\{-2,-1,0,1,2\right\}$,用 MATLAB 绘出 $f(k) = f_1(k) + f_2(k)$ 的波形。

源程序如下:

```
a1=[-3,-2,-1,0,1,2,3];
k1=-3:3;
a2=[-2,-1,0,1,2];
k2=-2:2;
k=min([k1,k2]):max([k1,k2]);
f1=zeros(1,length(k));
f2=zeros(1,length(k));
f1(find((k>=min(k1))&(k<=max(k1))==1))=a1;
f2(find((k>=min(k2))&(k<=max(k2))==1))=a2;
f=f1+f2;
stem(k,f,'filled');
```

运行结果如图 5.7 所示。

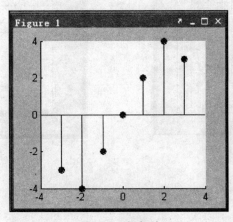

图 5.7　和序列

【**例 5.8**】　已知两个离散序列 $f_1(k) = f_2(k) = \left\{-3,-2,-1,0,1,2,3\right\}$,利用

MATLAB 绘出 $f(k) = f_1(k) * f_2(k)$ 的波形。

源程序如下：

```
a1=[-3,-2,-1,0,1,2,3];
k1=-3:3;
a2=a1;
k2=k1;
k=min(min(k1),min(k2)):max(max(k1):max(k2));
f1=zeros(1,length(k));
f2=zeros(1,length(k));
f1(find((k>=min(k1))&.(k<=max(k1))==1))=a1;
f2(find((k>=min(k2))&.(k<=max(k2))==1))=a2;
f=f1.*f2;
stem(k,f,'filled')
```

运行结果如图 5.8 所示。

2）翻转

将信号 $f(k)$ 的自变量 k 换成 $-k$，得到另一个信号 $f(-k)$，这种变换称为翻转。

【例 5.9】 已知离散序列 $f(k) = 2 \times 3^k$，利用 MATLAB 绘出其翻转信号。

源程序如下：

```
k1=-3:3;
f1=2*3.^k;
f=fliplr(f1);
k=-fliplr(k1);
stem(k,f);
```

运行结果如图 5.9 所示。

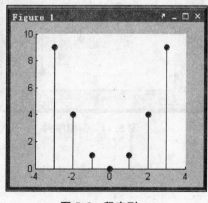

图 5.8 积序列

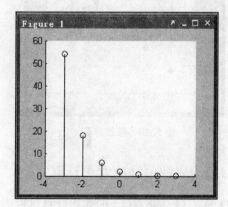

图 5.9 翻转序列

3）移位

将信号 $f(k)$ 的自变量 k 换成 $k \pm k_0$，得到另一信号 $f(k \pm k_0)$，这种变换称为移位。

【例 5.10】 已知离散信号 $f(k) = \{-3,-2,-1,0,1,2,3\}$，利用 MATLAB 绘出 $f(k+3)$ 波形。

源程序波形如下：

a0＝[－3,－2,－1,0,1,2,3];

k0＝－3:3;

k1＝3;

k＝k0＋k1;

f＝a0;

stem(k,f,'filled ');

运行结果如图5.10所示。

4) 倒相

将离散序列的值向量取反,而对应时间向量不变的情况下得到的离散序列称为离散序列的倒相序列。

【例5.11】 已知离散序列 $f(k) = \{-3,-2,-1,0,1,2,3\}$,利用MATLAB绘出此离散序列的倒相序列。

源程序如下:

clear all;

a1＝[－3,－2,－1,0,1,2,3];

k1＝－3:3;

k＝k1;

f＝－a1;

stem(k,f,'filled');

运行结果如图5.11所示。

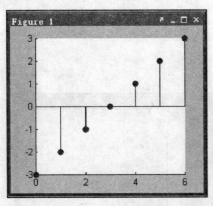

图5.10　移位序列

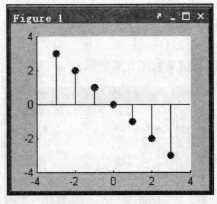

图5.11　倒相序列

5.2.2　离散信号的卷积计算

序列 $f_1(k)$ 和 $f_2(k)$ 的卷积计算可以表示为:

$$f(k) = f_1(k) * f_2(k) = \sum_{i=-\infty}^{\infty} f_1(i) f_2(k-i)$$

卷积计算通常可按以下4个步骤进行:

(1) 绘出 $f_1(i)$ 和 $f_2(i)$ 波形。

(2) 把其中一个信号反卷积,如把 $f_2(i)$ 变成 $f_2(-i)$。

(3) 把反卷积后的信号进行移位,移位量是 k,这样 k 是一个参变量。在 i 坐标系中,$k > 0$

时图形右移，$k<0$ 时图形左移。

（4）对给定的任一 k 值，按上式进行相乘、求和计算，便得到卷积。

在时域中计算卷积积分，总体上来说是一项比较困难的工作。在 MATLAB 中，利用函数 conv 可以很容易地进行两个信号的卷积积分运算，其调用形式为：

$$f=\mathrm{conv}(f1,f2)$$

式中：f1 和 f2 分别为两个进行卷积运算的信号；f 为卷积运算的结果。

【例 5.12】 已知两个离散序列 $f_1(k)=\{1,3,3,3\}$，$f_2(k)=\{1,2,3,3,4\}$，利用 MATLAB 绘出原信号及其卷积 $f(k)=f_1(k)*f_2(k)$。

源程序如下：

```
f1=[1,3,3,3];
k1=0:3;
f2=[1,2,3,3,4];
k2=0:4;
f=conv(f1,f2);
subplot(3,1,1);
stem(k1,f1);
ylabel('f1(k)');
subplot(3,1,2);
stem(k2,f2);
ylabel('f2(k)');
subplot(3,1,3);
stem(0:length(f)-1,f);
xlabel('k');
ylabel('f(k)');
```

运行结果如图 5.12 所示。

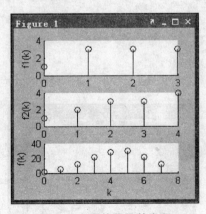

图 5.12 原信号及其卷积

5.3 离散系统的响应

5.3.1 离散系统的冲激响应和单位阶跃响应

对于 n 阶 LTI 离散系统,其输入输出方程是线性、常系数 n 阶差分方程。设 $f(k)$ 是系统输入,$y(k)$ 是系统输出,则可表示为:

$$y(k) + a_{n-1}y(k-1) + \cdots + a_1 y(k-n+1) + a_0 y(k-n)$$
$$= b_m f(k) + b_{m-1} f(k-1) + \cdots + b_1 f(k-m+1) + b_0 f(k-m)$$

式中:$a_i(i = 0, 1, \cdots, n-1)$ 和 $b_j(j = 0, 1, \cdots, m)$ 均为常数。

1) 离散系统的冲激响应

设系统的初始时刻 $k_0 = 0$,离散系统对于单位冲激序列 $\delta(k)$ 的零状态响应称为系统的冲激响应。可以用图 5.13 表示。

$$\xrightarrow[k=0]{\delta(k)} \boxed{\text{LTI 系统}} \xrightarrow{h(k)}$$

图 5.13　系统的冲激响应

\在 MATLAB 中,利用函数 impz 可以求解离散系统的冲激响应,其调用形式为:

$$y = impz(b, a)$$

式中:b、a 分别为差分方程左、右端的系数向量。

【**例 5.13**】　已知某离散系统的差分方程为:

$$y(k) + 3y(k-1) + 3y(k-2) + y(k-3) = f(k) + 2f(k-1)$$

利用 MATLAB 绘出系统的冲激响应波形。

源程序如下:

```
a=[1 3 3 1];
b=[1 2];
impz(b,a)
title('单位冲激响应');
```

运行结果如图 5.14 所示。

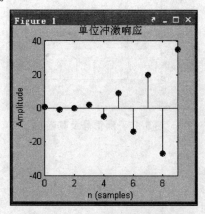

图 5.14　离散系统的冲激响应

2) 离散系统的单位阶跃响应

在 MATLAB 中,利用函数 stepz 可以求解离散系统的冲激响应,其调用形式为:

$$y = stepz(b,a)$$

式中:b、a 分别为差分方程左、右端的系数向量。

设系统的初始时刻 $k_0 = 0$,离散系统对于单位阶跃序列 $\varepsilon(k)$ 的零状态响应称为系统的阶跃响应。可以用图 5.15 表示。

$$\xrightarrow[k=0]{\varepsilon(k)} \boxed{\text{LTI 系统}} \xrightarrow{g(k)}$$

图 5.15 系统的阶跃响应

【例 5.14】 已知某离散系统的差分方程为:

$$y(k) + 3y(k-1) + 3y(k-2) + 2y(k-3) = f(k) + 3f(k-1)$$

利用 MATLAB 绘出系统的冲激响应波形。

源程序如下:

```
a=[1 3 3 2];
b=[1 3];
stepz(b,a)
title('单位阶跃响应');
```

运行结果如图 5.16 所示。

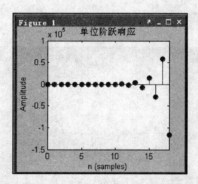

图 5.16 离散系统的阶跃响应

5.3.2 离散系统的零状态响应和全响应

1) 离散系统的零状态响应

在前面的介绍中,了解了利用 MATLAB 分析系统在冲激信号 $\delta(k)$ 激励下的零状态响应和在阶跃信号 $\varepsilon(k)$ 激励下的零状态响应。接着进一步利用 MATLAB 分析一般信号 $f(k)$ 激励下的零状态响应,在系统的初始条件为 0 时,由一般信号 $f(k)$ 输入系统所产生的输出响应称为系统的零状态响应,如图 5.17 所示。

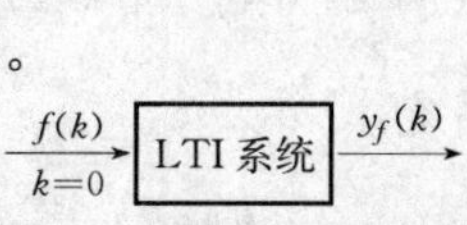

$$\xrightarrow[k=0]{f(k)} \boxed{\text{LTI 系统}} \xrightarrow{y_f(k)}$$

图 5.17 系统的零状态响应

MATLAB 提供的函数 filter 可以计算离散系统响应，其调用形式为：

$$\text{filter}(b,a,f)$$

式中：b、a 分别为差分方程左、右端的系数向量；f 为包含输入序列非零值的行向量。

【例 5.15】 某 LTI 离散系统的差分方程为：

$$y(k)+3y(k-1)+3y(k-2)+y(k-3)=f(k)+2f(k-1)$$

利用 MATLAB 求当输入信号为 $f(k)=\left(\dfrac{1}{5}\right)^{k}$ 时该系统的零状态响应波形。

源程序如下：

```
a=[1,3,3,1];
b=[1 2];
k=0:20;
f=(1/5).^k;
y=filter(b,a,f);
subplot(2,1,1)
stem(k,f);
title('输入序列');
subplot(2,1,2)
stem(k,y);
title('零状态响应序列');
```

运行结果如图 5.18 所示。

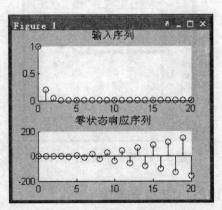

图 5.18　离散系统的零状态响应

2）离散系统的全响应

LTI 离散系统的全响应 $y(k)$ 由零状态响应和零输入响应构成，即

$$y(k)=y_{x}(k)+y_{f}(k)$$

【例 5.16】 利用 MATLAB 求系统：

$$y(k)+3y(k-1)+3y(k-2)+y(k-3)=f(k)$$

的全响应，已知输入信号 $f(k)=2^{k},y(0)=0,y(1)=1$。

源程序如下：

```
y0=0;
y1=1;
y2=3*y(1)-3*y0+4;
for k=3:20;
    y(k)=3*y(k-1)-3*y(k-2)+2.^k;
end;
y=[y0 y(1:20)];
k=1:21;
stem(k-1,y);
grid on;
xlabel('k');
ylabel('y(k)');
title('系统全响应');
```

运行结果如图 5.19 所示。

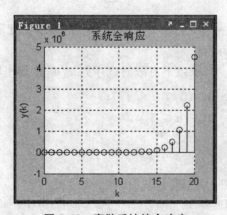

图 5.19 离散系统的全响应

6 MATLAB 对离散信号与系统的频域分析和 z 域分析

6.1 离散系统的傅里叶变换

第 4 章介绍了非周期连续信号的傅里叶变换 $F(j\omega)$ 的特性。对于非周期离散序列 $x(k)$，其傅里叶变换为：

$$X(e^{j\omega}) = \sum_{n=0}^{N} x(k) e^{-j\omega k}$$

与连续时间序列的情况一样，$F(e^{j\omega})$ 也成为 $f(k)$ 的频谱密度函数。它是 ω 的连续函数，而且是 ω 的周期函数，其周期为 2π。

【例 6.1】 利用 MATLAB 求以下有限时宽序列 $x[n]$ 的傅里叶变换 $X(e^{j\omega})$：

(1) 已知 $x[n] = (0.7 e^{j\frac{\pi}{4}})^n$ （$0 \leqslant n \leqslant 10$）；

(2) 已知 $x[n] = 2^n$ （$-10 \leqslant n \leqslant 10$）。

源程序如下：

(1)

```
n=[0:10];x=(0.7*exp(j*pi/4)).^n;
k=[-200:200];w=(pi/100)*k;      //w=[-2*pi:pi/100:2*pi];
X=x*(exp(-j*pi/100)).^(n'*k);
magX=abs(X);angX=angle(X);
subplot(2,1,1);plot(w/pi,magX,'r');grid;
xlabel('\omega (angular frequency) in units of\pi rads');
ylabel('|X(e^{j\omega})|');
title('Amplitude Part');
subplot(2,1,2);plot(w/pi,angX/pi,'r');grid ;
xlabel('\omega (angular frequency) in units of\pi rads');
ylabel('\times\pi rads ');
title('Angle Part ');
```

运行结果如 6.1 所示。

(2)

```
n=[-10:10];x=5.^n;
k=[-200:200];w=(pi/100)*k;
X=x*(exp(-j*pi/100)).^(n'*k);
magX=abs(X);angX=angle(X);
subplot(2,1,1);plot(w/pi,magX,'r ');grid;
```

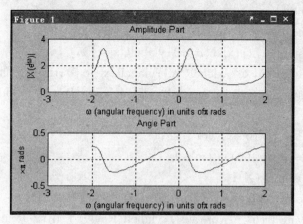

图 6.1　离散傅里叶变换

```
xlabel('\omega (angular frequency) in units of\pi rads');
ylabel('|X(e^{j\omega})|')
;title('Amplitude Part ');
subplot(2,1,2);plot(w/pi,angX/pi,'r');grid;
xlabel('\omega (angular frequency) in units of\pi rads');
ylabel('\times\pi rads');
title('Angle Part');
```

运行结果如 6.2 所示。

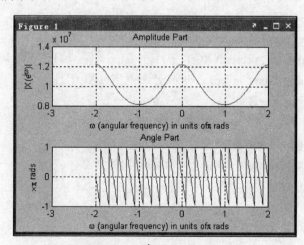

图 6.2　离散傅里叶变换

【例 6.2】　对于实序列 $x[n]=\sin\dfrac{\pi n}{2}(-5\leqslant n\leqslant 10)$，利用 MATLAB 求 $X(\mathrm{e}^{\mathrm{j}\omega})$ 的实部和虚部，同时分别求 $x[n]$ 奇偶分解后的奇部 $x_\mathrm{o}[n]$ 和偶部 $x_\mathrm{e}[n]$ 对应的 $X_\mathrm{o}(\mathrm{e}^{\mathrm{j}\omega})$ 和 $X_\mathrm{e}(\mathrm{e}^{\mathrm{j}\omega})$。

源程序如下：

（1）

```
n=-5:10;x=sin(pi*n/2);
k=-100:100;w=(pi/100)*k;
X=x*(exp(-j*pi/100)).^(n'*k);
```

```
[xe,xo,m]=evenodd(x,n);
figure(1);clf;
subplot(2,2,1);stem(n,x);xlabel('n');ylabel('x[n]');
subplot(2,2,3);stem(m,xe);xlabel('n');ylabel('xe[n]');title('Even part');
subplot(2,2,4);stem(m,xo);xlabel('n');ylabel('xo[n]');title('Odd part');
figure(2);clf;
XE=xe*(exp(-j*pi/100)).^(m'*k);
XO=xo*(exp(-j*pi/100)).^(m'*k);
XR=real(X);XI=imag(X);
subplot(2,2,1);plot(w/pi,XR,'r');grid;axis([-1,1,-2,2]);
xlabel('\omega (ang freq) in \pi rads');ylabel('Re(X)');title('Real part of X');
subplot(2,2,2);plot(w/pi,XI,'r');grid;axis([-1,1,-10,10]);
xlabel('\omega (ang freq) in \pi rads');ylabel('Im(X)');title('Imaginary part of X');
subplot(2,2,3);plot(w/pi,real(XE),'r');grid;axis([-1,1,-2,2]);
xlabel('\omega (ang freq) in \pi rads');ylabel('XE or Re(XE)');
title('DFT of even part-Real');
subplot(2,2,4);plot(w/pi,imag(XO),'r');grid;axis([-1,1,-10,10]);
xlabel('\omega (ang freq) in \pi rads ');ylabel('XO/j or Im(XO)');
title('DFT of odd part-Imaginary '); figure(3);clf;
subplot(2,1,1);plot(w/pi,imag(XE),'r');grid;axis([-1,1,-2,2]);
xlabel('\omega (ang freq) in \pi rads');ylabel('Im(XE)');
title('DFT of even part-Imaginary');
subplot(2,1,2);plot(w/pi,real(XO),'r');grid;axis([-1,1,-10,10]);
xlabel('\omega (ang freq) in \pi rads');ylabel('Re(XO)');
title('DFT of odd part-Real');
(2)
function[xe,xo,m]=evenodd(x,n)
//Real signal decomposition into even and odd parts
//[xe,xo,m]=evenodd(x,n)
if any(imag(x)~=0)
    error('x is not a real sequence');
    return;
end
m=-fliplr(n);
m1=min([m,n]);m2=max([m,n]);m=m1:m2;
nm=n(1)-m(1);n1=1:length(n);
x1=zeros(1,length(m));
x1(n1+nm)=x;x=x1;
xe=0.5*(x+fliplr(x));
xo=0.5*(x-fliplr(x));
```

运行后便可得到结果。

6.2　离散系统的 z 域分析

6.2.1　离散系统 z 正变换的 MATLAB 表示

离散序列 $f(k)$ 的 z 变换的定义为：

$$F(z) = \sum_{-\infty}^{\infty} f(k) z^{-k}$$

在 MATLAB 中用函数 ztrans 计算 z 正变换，其调用形式为：

$$F = ztrans(f)$$

声明符号变量用 syms 函数。

【例 6.3】　用 MATLAB 计算下列离散信号的 z 正变换：

(1) $f(k) = -3^k \varepsilon(k)$；

(2) $f(k) = \sin(3k)\varepsilon(k)$。

源程序如下：

(1)

```
//计算信号 f(k)的 z 正变换
syms k z
f=-3^k；        //a 为实数、虚数、复数
F=ztrans(f)
```

运行结果为：

F =-1/3 * z/(1/3 * z-1)

即上式的 z 变换为：

$$F(z) = -\frac{1}{3} \cdot \frac{z}{\frac{1}{3}z - 1}$$

(2)

```
//计算信号的 z 正变换
syms k z
f=sin(5 * k);
F=ztrans(f)
```

运行结果为：

F=(16 * cos(1)^4-12 * cos(1)^2+1) * sin(1) * z/(-32 * z * cos(1)^5+40 * z * cos(1)^3-10 * cos(1) * z+1+z^2)

6.2.2　MATLAB 实现离散系统的 z 反变换

在 MATLAB 中用 iztrans 函数计算 z 反变换，其调用形式为：

$$f = iztrans(F)$$

单边 z 反变换的计算方法有幂级数展开式法、部分分式展开法、反演积分法、查表法等。可

以用 residuez 函数计算 z 反变换,此时是利用部分展开式,其调用形式为:

$$[r,p,k]=residuez[num,den]$$

【例 6. 4】 用 iztrans 函数计算下列 $F(z)$ 的反变换:

(1) 1;

(2) $\dfrac{z}{z-1}$。

源程序如下:

(1)

```
//计算 z 反变换
F=sym('1');
f=iztrans(F)
```

运行结果为:

f =charfcn[0](n)

即上式的 z 反变换为:

$$f(k) = \delta(k)$$

(2)

```
//计算 z 反变换
F=sym('z/(z-1)^2');
f=iztrans(F)
```

运行结果为:

f =n

即上式的 z 反变换为:

$$f(k) = k\varepsilon(k)$$

【例 6. 5】 用 residuez 函数计算下列 $F(z)$ 的反函数:

(1) $\dfrac{z^{-1}+1}{1-0.5z^{-1}-0.5z^{-2}}$;

(2) $\dfrac{z}{(z-1)(z-2)(z-3)}$。

源程序如下:

(1)

```
//计算 z 反变换
num=[1,1];
den=[1,-0.5,-0.5];
[r,p,k]=residuez(num,den)
```

运行结果为:

r =1. 3333　　−0. 3333

p =1. 0000　　−0. 5000

k =[]

即上式的 z 反变换为:

$$f(k) = [1.3333 - 0.3333(-0.5)^k]\varepsilon(k)$$

上式可以转化为：

$$f(k) = \frac{z^{-2}}{(1-z^{-1})(1-2z^{-1})(1-3z^{-1})}$$

(2)

//计算 z 反变换

num=[0,0,1];

den=poly([1,2,3]);

[r,p,k]=residuez(num,den)

运行结果为：

r = 0.5000　　-1.0000　　　0.5000

p =3.0000　　2.0000　　1.0000

k = []

即上式的 z 反变换为：

$$f(k) = \frac{1}{2}(1 - 2^{k+1} + 3^k)\varepsilon(k)$$

上例中函数 poly 的功能为构造具有特定根的多项式。

6.3　离散系统的频率响应

当离散时间系统的频率响应 $H(\mathrm{e}^{\mathrm{j}\omega})$ 是 $\mathrm{e}^{\mathrm{j}\omega}$ 的有理多项式，即

$$H(\mathrm{e}^{\mathrm{j}\omega}) = \frac{B(\mathrm{e}^{\mathrm{j}\omega})}{A(\mathrm{e}^{\mathrm{j}\omega})} = \frac{b_0 + b_1\mathrm{e}^{-\mathrm{j}\omega} + \cdots + b_n\mathrm{e}^{-\mathrm{j}n\omega}}{a_0 + a_1\mathrm{e}^{-\mathrm{j}\omega} + \cdots + a_m\mathrm{e}^{-\mathrm{j}m\omega}}$$

$H(\mathrm{e}^{\mathrm{j}\omega})$ 一般是 ω 的连续函数，而且是复函数，即

$$H(\mathrm{e}^{\mathrm{j}\omega}) = |H(\mathrm{e}^{\mathrm{j}\omega})|\mathrm{e}^{\mathrm{j}\varphi(\omega)}$$

$|H(\mathrm{e}^{\mathrm{j}\omega})|$ 称为系统的幅频响应或幅度响应，$\varphi(\omega)$ 称为系统的相频响应或相位响应。

MATLAB 信号处理工具箱提供的 freqs 函数可直接计算系统的频率响应，其一般调用形式为：

$$H=\mathrm{freqs}(b,a,w)$$

式中：b 和 a 分别为 $H(\mathrm{e}^{\mathrm{j}\omega})$ 分子多项式和分母多项式的系数向量；ω 为需计算的 $H(\mathrm{e}^{\mathrm{j}\omega})$ 的频率采样点向量。如果没有输出参数，直接调用 freqs(b,a,w)，则 MATLAB 会在当前绘图窗口中自动画出幅频和相频响应曲线图形。

【例 6.6】 某离散系统的频率响应为：

$$H(\mathrm{e}^{\mathrm{j}\omega}) = \frac{\mathrm{e}^{2\mathrm{j}\omega} + 2\mathrm{e}^{\mathrm{j}\omega} + 1}{\mathrm{e}^{2\mathrm{j}\omega} + 3.2\mathrm{e}^{\mathrm{j}\omega} - 0.6}$$

利用 MATLAB 画出该系统的幅值谱 $|H(\mathrm{e}^{\mathrm{j}\omega})|$ 和相位谱 $H(\mathrm{e}^{\mathrm{j}\omega})$。

源程序如下：

```
//pragram 4_4 Frequency response of some system
w=-4*pi:8*pi/511:4*pi;
b=[1 2 1];a=[1 3.2 -0.6];
h=freqz(b,a,w);
subplot(2,1,1);plot(w/pi,abs(h));grid
title('幅值谱|H(e^{j\omega})|');
xlabel('\omega/\pi');ylabel('幅值');
subplot(2,1,2);plot(w/pi,angle(h));grid
title('相位谱 [H(e^{j\omega})]');
xlabel('\omega/\pi');ylabel('相位')
```

运行结果如图 6.3 所示。

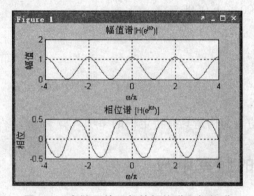

图 6.3　离散系统函数的幅值谱和相位谱

6.4　离散系统函数的零极点分布与稳定性

通常情况下，系统函数与系统特性的关系取决于 $H(z)$ 的零极点在复平面上的分布。因此，绘制系统函数的零极点图很有必要。

离散系统的系统函数 $H(z)$ 通常为有理分式，可以表示为 z^{-1} 的有理式，也可以表示为 z 的有理式，即

$$H(z)=\frac{B(z)}{A(z)}=\frac{b_m z^m + b_{m-1}z^{m-1}+\cdots+b_1 z+b_0}{a_n z^n + a_{n-1}z^{n-1}+\cdots+a_1 z+a_0}$$

式中：$m \leqslant n;a_i(i=0,1,2,\cdots,n),b_j(j=0,1,2,\cdots,m)$ 为实数；$a_n=1$。

$A(z)=0$ 的根 $p_i(i=0,1,2,\cdots,n)$ 称为 $H(z)$ 的极点，$B(z)=0$ 的根 $z_j(j=0,1,2,\cdots,m)$ 称为 $H(z)$ 的零点。因此，$H(z)$ 又可以表示为：

$$H(z)=\frac{b_m(z-z_1)(z-z_2)\cdots(z-z_m)}{(z-p_1)(z-p_2)\cdots(z-p_n)}=\frac{b_m \prod_{j=1}^{m}(z-z_j)}{\prod_{i=1}^{n}(z-p_i)}$$

$H(z)$ 的极点和零点可能是实数、虚数或复数。由于 $A(z)$ 和 $B(z)$ 的系数 a_i、b_j 都是实数，所

以,若极点(零点)为虚数或复数时,则必然共轭成对出现。

$H(z)$ 的一阶极点在复平面上的分布与 $h(k)$ 的关系如图 6.4 所示。

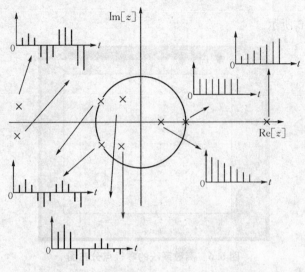

图 6.4　$H(z)$ 的极点分布与 $h(k)$ 的关系

一个离散系统,如果对任意有界输入产生的零状态响应也是有界的,则该系统称为有界输入有界输出意义下的稳定系统,简称系统。当一个离散系统的系统函数 $H(z)$ 的极点在圆内,则离散系统是稳定的;在圆上,则离散系统是临界稳定的;在圆外,则离散系统是不稳定的。

【例 6.7】　已知离散系统的系统函数如下:

(1) $H(z) = \dfrac{z}{2z^3 - 2z^2 + 1}$;

(2) $H(z) = \dfrac{7z + 4}{7z^4 + 5z^3 + 2z^2 - z - 6}$。

利用 MATLAB 画出 $H(z)$ 的零极点图,并判断系统是否是稳定的。

解:若要获得系统函数 $H(z)$ 的零极点分布图,可直接应用 zplane 函数,其调用形式为:

$$\text{Zplane}(b, a)$$

式中:b 和 a 分别为上述系统函数 $H(z)$ 中分子多项式和分母多项式的系数向量,该函数的作用是在 z 平面上画出单位圆及系统的零点和极点。

源程序如下:

(1)

//画出零极点分布图

b=[1,0];

a=[2,-2,0,1];

zplane(b,a)

运行结果如 6.5 所示。

由图可知该系统函数的极点都是在圆内,因此该系统是稳定的。

(2)

//画出零极点分布图

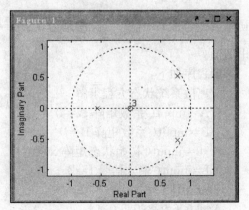

图 6.5　离散系统的零极点分布图

```
b=[7,4];
a=[7,7,2,-1,-6];
zplane(b,a)
```

运行结果如图 6.6 所示。

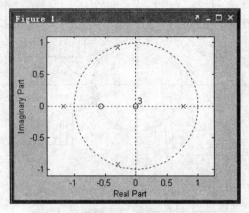

图 6.6　离散系统的零极点分布图

由图可知该系统函数的极点有的在圆外,因此该系统是不稳定的。

6.5　离散系统状态方程的求解

与连续时间系统一样,利用状态空间方程分析离散系统,首先应该建立系统的状态空间描述方程,即状态方程和输出方程,其标准形式可表示为:

$$x(n+1) = Ax(n) + Bf(n)$$
$$y(n) = Cx(n) + Df(n)$$

由上述方程可知离散系统状态方程的一般形式。下面只对单输入 n 阶离散系统的状态方程求解。一般采用递推迭代的方式求解。

【例 6.8】 已知离散系统的状态方程为:

$$\begin{bmatrix} x_1(k+1) \\ x_2(k+1) \end{bmatrix} = \begin{bmatrix} 0.6 & 0.4 \\ 0.5 & 0.2 \end{bmatrix} \begin{bmatrix} x_1(k) \\ x_2(k) \end{bmatrix} + \begin{bmatrix} 1 \\ 0 \end{bmatrix} f(k)$$

初始条件为 $x(0) = \begin{bmatrix} -1 \\ 0.5 \end{bmatrix}$,激励为 $f(k) = 0.5\,\varepsilon(k)$,确定该状态方程 $x(k)$ 前 10 步的解,并画出图形。

源程序如下:

```
//离散系统状态方程求解
//A=input('系数矩阵 A=')
//B=input('系数矩阵 B=')
//x0=input('初始状态矩阵 x0=')
//f=input('输入信号 f=')
clear all
A=[0.6 0.2;0.5 0.4];
B=[1;0];
```

```
x0=[-1;0.5];
n=[10];
f=[0 0.5 * ones(1,n-1)];
x(:,1)=x0;
for i=1:n
    x(:,i+1)=A * x(:,i)+B * f(i);
end
subplot(2,1,1);
stem([0:n],x(1,:));
subplot(2,1,2);
stem([0:n],x(2,:));
```

运行结果如图 6.7 所示。

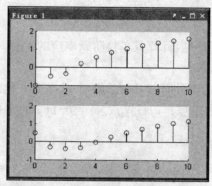

图 6.7　离散系统状态方程的求解

　　由 MATLAB 信号处理工具箱提供的 ode45 函数也可以求解常微分方程,其一般调用形式为:

$$[t,y]=ode45(odefun,tspan,y0)$$

式中:odefun 表示状态方程的表达式;tspan 表示状态方程对应的起止时间[t0,tf];y0 为变量的初始状态。

7 运用 C 语言实现信号与系统的分析

7.1 单位阶跃响应上升时间的计算

1) 实验目的

计算单位阶跃响应从 10% 至 90% 的上升时间。

2) 算法概要

针对单位阶跃响应的采样序列,计算其单位阶跃响应的上升时间。采样间隔时间为 delta,采样序列为 $f(i),i=1,2,\cdots,N$。

需要计算从 10% 至 90% 的上升时间,因此,需对 $f(i)$ 归一化,即用 $f(i)/f(N)$ 代换 $f(i)$,记录下 $f(i)/f(N)=0.9$,i 的序号 t_2,$f(i)/f(N)=0.1$,i 的序号 t_1,则上升时间 $t_r=(t_2-t_1)*$ delta。

3) 程序框图

程序框图如图 7.1 所示。

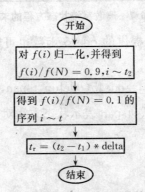

图 7.1 单位阶跃响应上升时间计算的实验框图

4) 变量含义

delta:采样时间间隔;

t_r:响应的上升时间;

n:采样数;

$f(i)$:采样数组。

5) 程序用法

如获得某一阶跃响应曲线,则可对其曲线进行采样。改变数据块 f 的数据,即可获得响应的上升时间。

6) 实验程序及运行结果

源程序如下:

```
main()
{
    int n=18;
    float f[30]={0.51,0.62,0.75,0.92,1.12,1.34,1.52,1.71,1.91,2.10,2.22,
                2.31,2.34,2.36,2.38,2.39,2.39,2.39};
    float delta=0.12,tr;
    float rise(int,float,float * );
    tr=rise(n,delta,f);
    printf("\n tr=%4.2f",tr);
    getch();
}
float rise(int n,float delta,float * f)
{
    int t1,t2,i;
    i=-1;
    do
    {
        i=i+1;
        f[i]=f[i]/f[n-1];
        t2=i;
    }while(f[i]<0.9);
    i=-1;
    do
    {
        i=i+1;
        t1=i;
    }while(f[i]<0.1);
    return ((t2-t1) * delta);
}
```

运行结果如图 7.2 所示。

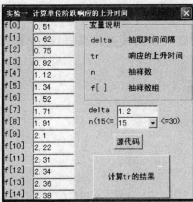

图 7.2　单位阶跃响应上升时间计算的实验结果

7.2　单位阶跃响应过冲的计算

1) 实验目的

计算单位阶跃响应的过冲。

2) 算法概要

单位阶跃响应的过冲为：

$$\sigma_s = \frac{a(t)_{\max} - a(\infty)}{a(\infty)}$$

对单位阶跃响应曲线进行采样，获得采样数组 $f(i), i = 1, 2, \cdots, N$。用 $f(N)$ 代替 $a(\infty)$，$a(t)_{\max} = f(i)_{\max}$，所以，

$$\sigma_s = \frac{f(t)_{\max} - f(N)}{f(N)}$$

3) 程序框图

程序框图如图 7.3 所示。

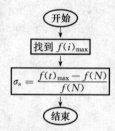

图 7.3　单位阶跃响应过冲计算的实验框图

4) 变量含义

$f(i)$：采样数组；

n：采样数；

σ_s：起始时为数组中数组最大者，结束时为响应的过冲。

5) 程序用法

若获得某一阶跃响应曲线，则对该曲线进行采样，改变数据块数据，即可获得阶跃响应的过冲。

6) 实验程序及运行结果

源程序如下：

```
main()
{
    int n=22;
    float f[22]={0.41,0.50,0.61,0.72,0.81,0.98,1.00,1.10,1.21,1.32,1.45,
                 1.56,1.67,1.86,1.94,1.85,1.66,1.55,1.66,1.60,1.62,1.61};
    float os;
```

```
    float over(int,float * );
    os=over(n,f);
    printf("\n os=%4.2f",os);
    getch();
}
float over (int n,float * f)
{
    int nn,i;
    float os;

    nn=n-1;
    os=f[nn];
    for(i=0;i<nn;i=i+1)
        if(f[i]>os)
                os=f[i];
    os=(os-f[nn])/f[nn];
    return (os);
}
```

运行结果如图 7.4 所示。

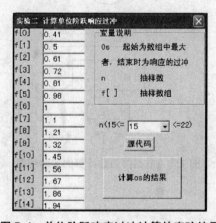

图 7.4 单位阶跃响应过冲计算的实验结果

7.3 自相关函数的计算

1）实验目的

计算自相关函数。

2）算法概要

$x(t)$ 的自相关函数为：

$$R_x(\tau) = \lim_{T \to \infty} \frac{1}{2T} \int_{-T}^{T} x(t)x(t+x)\mathrm{d}t$$

讨论实际信号时,一般 $x(t)=0, t<0$,则上式变为:

$$R_x(\tau) = \lim_{T\to\infty} \frac{1}{2T} \int_0^T x(t)x(t+x)\mathrm{d}t$$

若选择某一较大的 $T = T_0$,则

$$R_x(\tau) = \lim_{T\to\infty} \frac{1}{2T_0} \int_0^T x(t)x(t+x)\mathrm{d}t$$

若 $N \geqslant N_T + k$,而 N_T 为大于等于 $(T_0/\Delta t)+1$ 的整数,$\tau = k\Delta t$。现假定有 N 个 x 值的采样序列 $x_1(t), x_2(t), \cdots, x_N$,则上式变为:

$$R_x(k\Delta t) = \lim_{T\to\infty} \frac{1}{2T_0} \left[\sum_{n=1}^{N_t} x_n x_{n+k} \Delta t - \frac{x_1 x_{k+1} + x_{N_T} x_{N_T+k}}{2} \Delta t \right]$$

若 $T_0 \approx \Delta t(N_T - 1)$,则

$$R_x(k\Delta t) = \lim_{T\to\infty} \frac{1}{2T_0} \left[\sum_{n=1}^{N_t} x_n x_{n+k} - \frac{x_1 x_{k+1} + x_{N_T} x_{N_T+k}}{2} \right] \frac{1}{2N_T - 2}$$

3) 程序框图

程序框图如图 7.5 所示。

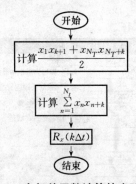

图 7.5   自相关函数计算的实验框图

4) 变量含义

$x(n)$:采样数组;

k:自相关函数 $r_x(\tau)$ 时间 τ 的间隔数,$\tau = k\Delta t$;

nt:相关项数;

r:程序结束为相关函数值。

5) 程序用法

对某一时间函数进行采样,改变程序中数据块数据,即可获得所要求的自相关函数值。若求 k 个,则需在主程序中设置一个循环语句,求得当 $k=1,2,\cdots,N$ 时的自相关函数值。

6) 实验程序及运行结果

源程序如下:

```
main()
{
```

```
    int nt=14,k=8;
    float x[30]={1.10,1.20,1.30,1.40,1.51,1.63,1.72,1.84,1.96,2.04,2.18,
            2.29,2.41,2.82,3.05,4.12,4.26,4.40,4.51,4.71,4.82,5.01,
            6.02,7.03,8.12,9.25,10.01,11.22,12.48,14.50};
    float r;
    float auting(float * ,int,int);

    r=auting(x,nt,k);
    printf("\n r=%4.2f",r);
    getch();
}
float auting(float * x,int nt,int k)
{
    float r1,b;
    int j;

    r1=0.0;
    b=(x[0] * x[k]+x[k+nt-1] * x[nt-1])/2;
    for(j=0;j<nt;j++)
        r1=r1+x[j] * x[j+k];
    r1=(r1-b)/(2.0 * nt-2.0);
    return (r1);
}
```

运行结果如图7.6所示。

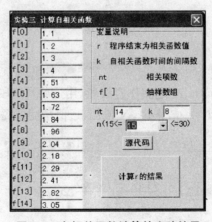

图7.6　自相关函数计算的实验结果

7.4　sinc 函数积分的计算

1）实验目的

计算 sinc 函数的定积分。

2）算法概要

该程序是运用梯形法则来计算积分的。在梯形法则中，曲线由互相衔接的直接段近似，而这些交点都落在曲线上，假如计算图 7.7 所示函数 $f(x)$ 的定积分：$y = \int_{x_a}^{x_b} f(x)\mathrm{d}x$。

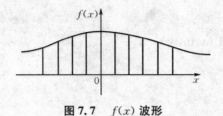

图 7.7 $f(x)$ 波形

区间 x_a 到 x_b 分成等宽度的 N 个面积，令面积的宽度为：

$$\Delta x = \frac{x_b - x_a}{N}$$

然后作如下规定：

$$x_0 = x_a$$
$$x_1 = x_0 + \Delta x$$
$$x_2 = x_0 + 2\Delta x$$
$$\vdots$$
$$x_k = x_0 + k\Delta x$$
$$\vdots$$
$$x_N = x_0 + N\Delta x = x_b$$

在每对相邻的 $f(x_k)$ 与 $f(x_{k+1})$ 之间作直线段，用这些直线段近似曲线 $f(x)$，这样就可将积分由直线段下的面积来近似。一般来说，N 增加，近似精度便提高。

$$\int_{x_a}^{x_b} f(x)\mathrm{d}x = \left[\frac{f(x_0 + f(x_1))}{2} + \frac{f(x_1 + f(x_2))}{2} + \cdots + \frac{f(x_{N-1} + f(x_N))}{2} \right] \cdot$$
$$\sum_{n=0}^{N} f(x_n)\Delta x - \frac{f(x_0 + f(x_N))}{2}\Delta x$$

3）变量含义

$f(x)$：待积分函数；

x_0：积分下限；

x_N：积分上限；

N：步长，由积分要求的精度和时间综合考虑，一般 N 越大，积分结果越精确，计算时间越长。

4）程序框图

程序框图如图 7.8 和图 7.9 所示。

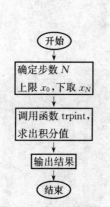

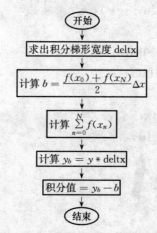

图 7.8　主函数框图　　　　　图 7.9　sinc 函数积分计算的实验框图

5）程序用法

把给定的 $f(x)$ 写在函数 $f(x)$ 之内，在主函数内给 x_0，x_N 赋值，选定步长 N。

6）实验程序及运行结果

源程序如下：

```c
#include <math.h>
#include <float.h>
main()
{
    float x0=1.0e-6,xn=4.0;
    int n;
    float ans;
    float trpint(float,float,int);

    n=(int)(xn*50);
    ans=trpint(x0,xn,n);
    printf("\n The result of the integral is:%6.4f",ans);
    getch();
}
float trpint(float x0,float xn,int n)
{
    float yb,b,y,deltx,xi;
    float fx(float);
    int i;

    deltx=(xn-x0)/n;
    b=(fx(x0)+fx(xn))*deltx/2;
```

```
        y=fx(x0);
        xi=x0;
        for(i=0;i<n;i++)
        {
            xi=xi+deltx;
            y=y+fx(xi);
        }
        yb=y*deltx;
        return(yb-b);
}
float fx(float x)
{
        float a;
        a=sin(x)/x;
        return (a);
}
```

运行结果如图 7.10 所示。

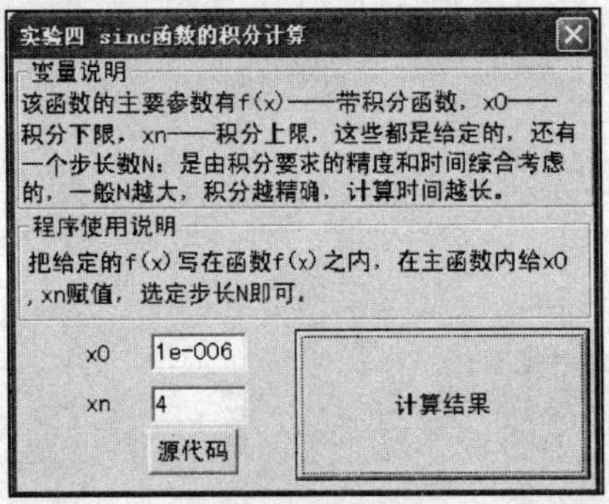

图 7.10　sinc 函数积分计算的实验结果

7.5　罗斯稳定性准则

1) 实验目的

检查系统的传递函数 $H(s) = \dfrac{N(s)}{D(s)}$ 中 $D(s)$ 是否为罗斯-霍尔维茨（Routh-Hulwitz）多项式。

2) 算法概要

$$D(s) = a_1 s^k + b_1 s^{k-1} + a_2 s^{k-2} + b_2 s^{k-3} + \cdots$$

构成以下阵列：

$$
\begin{array}{llll}
a_1 & a_2 & a_3 & \cdots \\
b_1 & b_2 & b_3 & \cdots \\
c_1 & c_2 & c_3 & \cdots & c_j = \dfrac{b_1 a_{j+1} - b_{j+1} a_1}{b_1} \\
d_1 & d_2 & d_3 & \cdots & d_j = \dfrac{c_1 b_{j+1} - c_{j+1} b_1}{c_1} \\
\vdots & \vdots & \vdots & & \vdots
\end{array}
$$

该阵列(或余部)的第一项是否为正,与 $D(s)$ 是否为 Routh-Hulwitz 多项式是等效判据。

3) 程序框图

程序框图如图 7.11 所示。

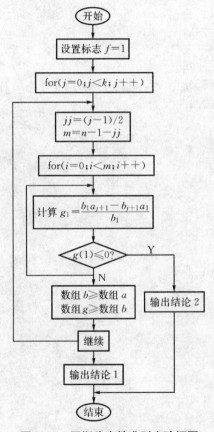

图 7.11　罗斯稳定性准则实验框图

4) 变量含义

$a(n)$:多项式系数数列;

$b(n)$:多项式系数数列;

$g(n)$:余部数列;

k:多项式的最高幂次数。

5) 程序用法

改变程序中多项式系数数列 $a(n)$,$b(n)$ 及最高幂次 k,即可获得该多项式是否为 Routh-Hulwitz 多项式这一结论。

6）实验程序及运行结果

源程序如下：

```
main()
{
    float a[3]={1.0,2.0,3.0},b[3]={1.0,1.0,1.0},g[5];
    int f,jj,m,n=3,i,j,k=4;

    f=1;
    for(j=0;j<k;j++)
    {
        jj=(j-1)/2;
        m=n-1-jj;
        for(i=0;i<m;i++)
        {
            g[i]=(b[0]*a[i+1]-a[0]*b[i+1])/b[0];
            if(g[0]<=0.0)
            {
                f=0;
                break;
            }
        }
        if(f==0)break;
        g[m]=0.0;
        for(i=0;i<=m;i++)
        {
            a[i]=b[i];
            b[i]=g[i];
        }
    }
    if(f)
    {
        printf("\ng[0]=%4.2f",g[0]);
        printf("\nlt is hulwitz polynormal");
    }
    else
    {
        printf("\ng[0]=%4.2f",g[0]);
        printf("\nlt is not hulwitz polynormal");
    }
    getch();
}
```

运行结果如图 7.12 所示。

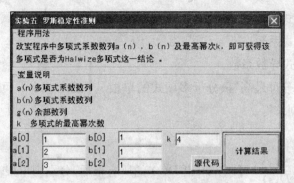

图 7.12　罗斯稳定性准则实验结果

7.6　拉普拉斯变换留数的计算

1）实验目的

计算拉普拉斯变换和拉普拉斯反变换的留数。

2）算法概要

该程序使用于被积函数具有单极点的情况。若有一个函数 $N(s)e^{st}/D(s)$，其中 $D(s)$ 是 s 平面有单根的多项式，且 $N(s)e^{st}$ 在 s 平面是解析的，则其留数为：

$$a_{-1} = \frac{N(s)e^{st}}{\dfrac{\mathrm{d}}{\mathrm{d}s}D(s)}\Bigg|_{s=s_0}$$

式中：s_0 为一个根，假定分母的根是已知的，现在看反变换积分：

$$f(t) = \frac{1}{2\pi \mathrm{j}}\int_{\sigma-\mathrm{j}\infty}^{\sigma+\mathrm{j}\infty} F(s)e^{st}\,\mathrm{d}s$$

假定极点都是单极点并引用约当引理，这样 $t > 0$ 时，$f(t)$ 在布拉米奇路径左边的 $F(s)e^{st}$ 的留数，假定 $F(s)$ 是 s 的两个多项式之比，

$$F(s) = \frac{N(s)}{D(s)}$$

则对 $s = s_0$ 的单极点，得到留数为：

$$\mathrm{res} = \frac{N(s_0)e^{s_0 t}}{D'(s_0)}$$

对于 $D'(s_0)$ 可用专门子程序求得。

3）程序含义

函数 res：用于计算具有单极点的两个多项式之比的留数；

函数 ploval：用于计算多项式的值；

函数 pldriv：用于对多项式微分；

函数 cmplxpow：用于计算参数 s 所指复数的 i 次幂，参数 re 指向计算结果。

4）变量含义

数组 a：分子多项式的系数；

数组 b：分母多项式系数；

数组 c：分子多项式导数系数。

还有分子最高幂、分母最高幂、分母多项式的单根 s_0，给出一个 s_0 可以求出一个 $res(s_0)$，如有多个单根可以分别求得。

5）程序用法

对于一个 $F(s) = \dfrac{N(s)}{D(s)}$，可以先求出 $D(s)$ 的所有根后，分别为单根输入，求出 $res(s)$ 后相加而求得反变换积分。

6）实验程序及运行结果

本例中：$f(s) = \dfrac{s+4}{s^2+3s+2}$。

极点：$s_1 = -1, s_2 = -2$。

得出结果：$res(-1) = 3, res(-2) = -2$。

源程序如下：

```
#include<math. h>

float a[20]={4.0,1.0,},c[20]={2.0,3.0,1.0,},b[20]={2.0,3.0,1.0,};
int nn=3,mm=3;
struct cmplx
{
    float r;
    float i;
};
void cmplxpow(struct cmplx * ,int i,struct cmplx * );
void cmplxdiv(struct cmplx * ,struct cmplx * ,struct cmplx * );
main()
{
    int i;
    struct cmplx s[20],rr,a;
    void res(struct cmplx * ,struct cmplx * );

    s[0]. r=-1.0;
    s[0]. i=0.0;
    s[1]. r=-2.0;
    s[1]. i=0.0;
```

```
    for(i=0;i<mm-1;i=i+1)
    {
        res(&s[i],&rr);
        printf("\n res(%6.3f",s[i].r);
        printf("%+6.3fj)=(",s[i].i);
        printf("%6.3f",rr.r);
        printf("%+6.3fj)",rr.i);
    }
    getch();
}
void res(struct cmplx * s,struct cmplx * r)
{
    struct cmplx an,bn;
    void polval(struct cmplx * ,struct cmplx * );
    void pldriv(struct cmplx * ,struct cmplx * );
    void cmplxdiv(struct cmplx * ,struct cmplx * ,struct cmplx * );
    polval(s,&an);
    pldriv(s,&bn);
    cmplxdiv(&an,&bn,r);
    return;
}
void polval(struct cmplx * s,struct cmplx * an)
{
    void cmlexpow(struct cmplx * ,int,struct cmplx * );
    int i;
    struct cmplx re;

    an->r=a[0];
    an->i=0.0;
    for(i=1;i<nn;i++)
    {
        cmplxpow(s,i,&re);
        an->r=an->r+a[i] * re.r;
        an->i=an->i+a[i] * re.i;
    }
    return;
}
void pldriv(struct cmplx * s,struct cmplx * bn)
```

```
{
    void cmplxpow(struct cmplx * ,int,struct cmplx * );
    int i;
    struct cmplx re;

    for(i=0;i<mm-1;i++)
        c[i]=b[i+1] * (i+1);
    bn->r=c[0];
    bn->i=0.0;
    for(i=1;i<nn-1;i++)
    {
        cmplxpow(s,i,&re);
        bn->r=bn->r+c[i] * re.r;
        bn->i=bn->i+c[i] * re.i;
    }
    return;
}
void cmplxpow(struct cmplx * s,int i,struct cmplx * re)
{
    int j;
    float temp;

    i--;
    re->r=s->r;
    re->i=s->i;

    for(j=0;j<i;j++)
    {
        temp=s->r * re->r-s->i * re->i;
        re->i=s->r * re->i+s->i * re->r;
        re->r=temp;
    }
    return;
}
```

运行结果如图 7.13 所示。

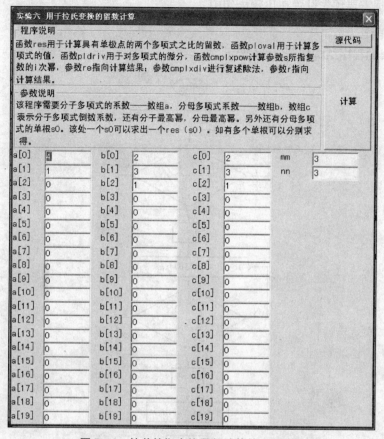

图 7.13   拉普拉斯变换留数计算的实验结果

7.7   巴特沃斯低通滤波器阶数的计算

1）实验目的

决定逼近低通滤波器的巴特沃斯低通滤波器的阶数。

2）算法概要

一个 n 阶归一化低通巴特沃斯低通滤波器，其幅度函数为：

$$|H(j\omega)|^2 = B_n(\omega) = \frac{1}{1+\omega^{2n}}$$

当 $n \to \infty$ 时，巴特沃斯幅度函数趋近理想幅度特性，当 n 增加时，在通带内幅度函数更接近 1，过渡带更窄，而且在阻带中幅度函数更接近于 0，因此，n 是一个待选参数，以满足一组预先给定的通带和阻带的条件。如要构成一个归一化低通滤波器，满足通带要求 $|H(j\omega_L)|^2 > A_1$、阻带要求 $|H(j\omega_H)|^2 < A_2$，由 n 阶归一化巴特沃斯低通滤波器的幅度函数为：$|H(j\omega)|^2 = \frac{1}{1+\omega^{2n}}$，因此意味着要求满足 $\frac{1}{1+\omega_L^{2n}} > A_1$ 和 $\frac{1}{1+\omega_H^{2n}} < A_2$ 的 n。

3）变量含义

ω_H, ω_L：由赋值语句写入；

A_1, A_2: 根据需要预先设置在比较语句中。

4）程序结构

函数 btwn 的程序结构如图 7.14 所示。

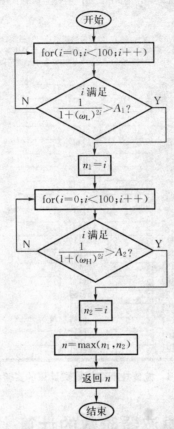

图 7.14　巴特沃斯低通滤波器阶数计算的实验框图

5）程序用法

根据一组给定的条件，把 ω_H, ω_L, A_1, A_2 写入即可。

6）实验程序及运行结果

该例 $\omega_H = 2.0$, $\omega_L = 0.5$, $A_1 = 0.9$, $A_2 = 0.01$, 得出 $n = 4$。

源程序如下：

```
#include <math.h>
#include <stdlib.h>
main()
{
    int btwn(float,float),n;
    float wl=0.5,wh=2.0;


    n=btwn(wl,wh);
    printf("it needs a butterworth LPF of n=%d",n);
    getch();
```

```
}
int btwn(float wl,float wh)
{
    float fx(float,int);
    int i,n,n1,n2;

    for(i=0;i<100;i++)
    {
        if(fx(wh,i)<0.01)
        {
            n2=i;
            break;
        }
    }
    for(i=0;i<100;i++)
    {
        if(fx(wh,i)<0.01)
        {
            n2=i;
            break;
        }
    }
    n=max(n1,n2);
    return (n);
}
float fx(float x,int m)
{
    float f;

    f=1/(1+pow(x,(2*m)));
    return (f);
}
```

运行结果如图 7.15 所示。

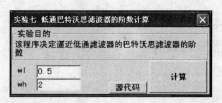

图 7.15　巴特沃斯低通滤波器阶数计算的实验结果

7.8　切比雪夫低通滤波器阶数的计算

1）实验目的

决定逼近归一化低通滤波器的切比雪夫低通滤波器的阶数 n。

2）算法概要

n 阶切比雪夫滤波器的幅度平方函数为：

$$|H(\mathrm{j}\omega)|^2 = \frac{1}{1 + \varepsilon^2 T_n^2(\omega)}$$

式中：$T_n(\omega)$ 是切比雪夫多项式，

$$T_n(\omega) = \cos(n\mathrm{arc}\ \cos\omega)$$

ε 是一个独立的参数，它决定波纹幅度。

给定一组通带和阻带条件，就可以确定波纹参数 ε 和切比雪夫滤波器的阶数 n，通常是给出通带的最大波纹衰减 A_{max} 来代替 ε，这里，

$$A_{max} = -10\log\frac{1}{1+\varepsilon^2} = 10\log(1+\varepsilon^2) \quad (\mathrm{dB})$$

因此，波纹参数由下式确定：

$$\varepsilon = \sqrt{10^{\frac{A_{max}}{10}} - 1}$$

另外，根据阻带衰减、截止频率，可以得到满足条件的最小的 n。一般给出通带频率、通带要求截止频率、阻带衰减，求得满足 $|H(\mathrm{j}\omega_L)|^2 > A_1$ 和 $|H(\mathrm{j}\omega_L)|^2 < C$ 的 n 即可。

3）变量含义

ω_L：通带频率；

ω_H：通带要求截止频率；

C：阻带衰减（dB）；

A_{max}：最大波纹衰减。

4）程序结构

函数 cbsvn 的程序结构如图 7.16 所示。

5）程序用法

只需把各个给出参数赋值在比较语句中即可。

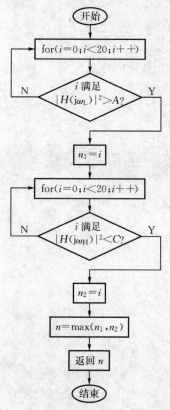

图 7.16   切比雪夫低通滤波器阶数计算的实验框图

6) 实验程序及运算结果

设计一个归一化等波纹滤波器,要求通带最大衰减 1 dB,通带频率 $\omega_L < 1.2$ rad/s,当 $\omega_H > 4$ rad/s 时,阻带衰减为 40 dB,结果需要三阶切比雪夫滤波器。

源程序如下:

```
#include <math.h>
#include <stdlib.h>
main()
{
    float adb=1.0,wl=1.2,wh=4.0,cdb=40.0;
    int n,cbsvn(float,float,float,float);

    n=cbsvn(adb,wl,wh,cdb);
    printf("\n it needs a chebyshev LPF of n=%d",n);
    getch();
}
int cbsvn(float adb,float wl,float wh,float cdb)
{
    float a,c;
```

```
    int i,n1,n2,n;
    float t(int,float,float);

    a=sqrt(pow(10,adb/10.0)-1.0);
    c=pow(10,(-cdb/10.0));
    for(i=2;i<=20;i++)
    {
        if(t(i,wl,a)>0.5)
        {
            n1=i;
            break;
        }
    }
    for(i=2;i<=20;i++)
    {
        if(t(i,wh,a)<c)
        {
            n2=i;
            break;
        }
    }
    n=max(n1,n2);
    return(n);
}
float t(int l,float x,float a)
{
    float acosh(float);
    float td,t1;

    if(x>1.0)
        td=cosh(l*acosh(x));
    else
        td=cos(l*acos(x));
    t1=1/(1+pow(a*td,2.0));
    return (t1);
}
float acosh(float x)
{
    float a;

    a=log(x+sqrt(x*x-1));
```

```
    return(a);
}
```

运行结果如图 7.17 所示。

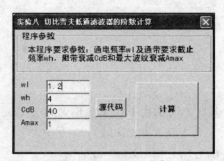

图 7.17　切比雪夫低通滤波器阶数计算的实验结果

7.9　离散卷积的计算

1）实验目的

计算两个离散时间信号的卷积。

2）算法概要

卷积定义为：

$$f(r) = \sum_{k=-\infty}^{\infty} f_1(k) f_2(r-k)$$

若只在 r 为正数时，$f_1(r)$ 或 $f_2(r)$ 不为 0,则

$$f(r) = \sum_{k=0}^{r} f_1(k) f_2(r-k)$$

3）程序框图

程序框图如图 7.18 所示。

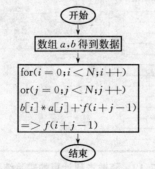

图 7.18　离散卷积计算的实验框图

4）变量含义

$a(n_1), b(n_2)$：离散时间信号数组；

$f(n_3)$：不同时间的卷积数组。

5) 程序用法

改变程序中 $a(n_1)$, $b(n_2)$，即可获得各时间的卷积值。

6) 实验程序及运行结果。

源程序如下：

```
main()
{
    int i,j;
    float a[20]={0. ,0.1,0.2,0.3,0.4,0.5,0.6,0.7,0.8,0.9,1. ,0.9,0.8,0.7,
                0.6,0.5,0.4,0.3,0.2,0.1};
    float b[5]={1.0,1.0,1.0,1.0,1.0};
    float f[24]={0.0};

    for(i=0;i<5;i++)
    for(j=0;j<20;j++)
        f[i+j]=b[i]*a[j]+f[i+j];
    printf("\n   n=     f(n)=   ");
    for(i=0;i<24;i++)
        printf("\n   %2d     %5.2f",i,f[i]);
    getch();
}
```

运行结果如图 7.19 所示。

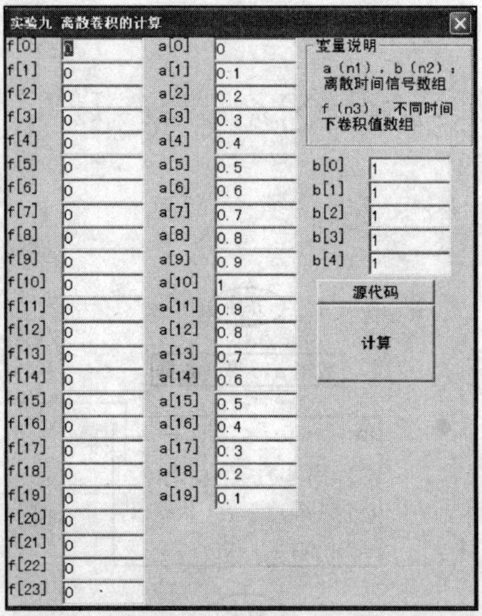

图 7.19　离散卷积计算的实验结果

7.10　状态变量方程的求解

1）实验目的

求解线性非时变系统状态变量方程。

2）算法概要

线性非时变系统状态变量方程的形式为：

$$\frac{\mathrm{d}\hat{q}}{\mathrm{d}t} = \hat{a}\,\hat{q}(t) + \hat{b}\,\hat{y}(t)$$

式中：$\hat{a}$ 和 $\hat{b}$ 为常数矩阵；$\hat{y}$ 为已知函数的矩阵，假设给定了初始状态 $\hat{y}(0^-)$。

上式表示 n 个标量方程有 n 个状态变量 $q_1(t), q_2(t), \cdots q_n(t)$ 和 k 个自变量 $y_1(t), y_2(t), \cdots, y_k(t)$，于是，$\hat{a}$ 是 $n \times n$ 维数组，$\hat{b}$ 是 $n \times k$ 维数组。可得到：

$$\frac{\mathrm{d}q_i(0^-)}{\mathrm{d}t} = \sum_{j=1}^{n} a_{ij}q_j(0^-) + \sum_{j=1}^{k} b_{ij}y_j(0^-) \qquad i = 1, 2, \cdots, n$$

计算出在 $t = 0^-$ 时的全部导数，然后由这些数值求得：

$$q_i(t_1) = q_i(0^-) + \Delta t \frac{dq_i(0^-)}{dt} \qquad i = 1, 2, \cdots, n$$

一般说来，可得到：

$$\frac{\mathrm{d}q_i(t_n)}{\mathrm{d}t} = \sum_{j=1}^{n} a_{ij}q_j(t_n) + \sum_{j=1}^{k} b_{ij}y_j(t_n) \qquad i = 1, 2, \cdots, n$$

$$q_i(t_{t+1}) = q_i(t_n) + \Delta t \frac{\mathrm{d}q_i(t_n)}{\mathrm{d}t} \qquad i = 1, 2, \cdots, n$$

3）变量含义

a：常数矩阵数组；

b：常数矩阵；

y：函数矩阵；

n, k：状态变量和自变量数目；

delt：步长；

$\hat{q}(0^-)$：$\hat{q}(t)$ 的初始值。

4）程序框图

程序框图如图 7.20 所示。

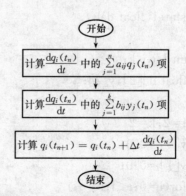

图 7.20　状态变量方程求解的程序框图

5) 程序用法

根据给定的 $\hat{a}$, $\hat{b}$, $\hat{y}(t)$, n, k, delt 决定
$q_i(t_{t+1})$。

6) 实验程序及运行结果

若状态方程组有 2 个状态变量,无自变量,初始值 $q_1(0^-)=1$, $q_2(0^-)=0$,

$$\begin{cases} \dfrac{dq_1(t)}{dt} = -2q_1(t) - q_2(t) \\ \dfrac{dq_2(t)}{dt} = q_1(t) \end{cases}$$

源程序如下:

```
#include<stdio. h>
#include<float. h>
float a[2][2]={-2.0,-1.0,1.0,0.0},b[2][2]={0.0},q[2]={1.0,0.0};
main()
{
    float delt=0.2;
    int m;
    void state1(float);

    printf("\n   x     q1(x)   q2(x)");
    for(m=0;m<=20;m++)
    {
        printf("\n %4.1f   %6.3f   %6.3f",m * delt,q[0],q[1]);
        state1(delt);
    }
    getch();
}
void state1(float delt)
{
    int l,i,j,k;
    float dq[2],y[2];

    l=2;k=2;
    y[0]=0.0;
    y[1]=0.0;
    for(i=0;i<l;i++)
    {
        dq[i]=0.0;
        for(j=0;j<l;j++)
```

```
            dq[i]=dq[i]+a[i][j] * q[j];
    }
    for(i=0;i<l;i++)
    for(j=0;j<k;j++)
        dq[i]=dq[i]+b[i][j] * y[j];
    for(j=0;j<l;j++)
        q[j]=q[j]+dq[j] * delt;
}
```

运行结果如图 7.21 所示。

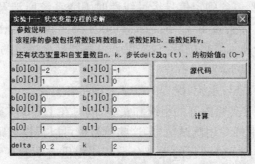

图 7.21　状态变量方程求解的实验结果

8 JH5004 型信号与系统实验箱

8.1 JH5004 型信号与系统实验箱的特点

《信号与系统》课程主要包含确定信号经过线性时不变系统所涉及的基本概念和基本分析方法。JH5004 型信号与系统实验箱（以下简称 JH5004 型实验箱）紧密围绕当前《信号与系统》课程的核心内容，根据当今技术发展的特点，提供了一系列具有特色的实验项目。

JH5004 型实验箱具有以下特点：

（1）基础性：与当今《信号与系统》课程的教学大纲结合紧密。

（2）实用性：便于教师对实验内容的组织和实施，同时在 JH5004 型实验箱的信号产生模块中可以产生实验所需的几十种专用测试信号，这些信号也可以根据教师的要求进行添加。

（3）全面性：对《信号与系统》课程的大部分章节均提供有实验项目，使学生对原理性的知识通过实践学得更深、更透。

（4）简洁性：对每一个实验单元均通过一个模块来完成，将实验电路的组成在 JH5004 型信号与系统实验箱的电路板上画出，让使用者一目了然。

（5）扩展性：学生在完成一般性实验内容的同时，可以利用二次开发模块提供的基本原件来改变实验中的某些电路参数，以进一步开拓思路。

（6）开发性：在 JH5004 型实验箱中提供了二次开发模块，学生可根据教师的要求，利用《信号与系统》课程所叙述的知识自行进行实验设计，以提高学生的动手能力和分析解决问题的能力。

8.2 JH5004 型信号与系统实验箱电路的组成

JH5004 型实验箱主要由以下功能模块组成：

（1）基本运算单元；

（2）信号的合成；

（3）线性时不变系统；

（4）零输入响应与零状态响应；

（5）二阶串联谐振、二阶并联谐振；

（6）有源滤波器和无源滤波器；

（7）脉冲幅度调制（PAM）传输系统；

（8）频分复用（FDM）传输系统；

（9）PAM 采样定理；

（10）二阶网络状态矢量；

（11）RC 振荡器；

（12）一阶网络；

(13) 二阶网络;

(14) 反馈系统应用;

(15) 二次开发;

(16) 信号产生模块。

该硬件平台中模块化功能很强。对于每一个模块,在印制电路板(PCB)上均有电路图与之对应。每个测试模块都能单独开设实验,便于教学与学习。

在 JH5004 型实验箱中,电源插座与电源开关在机箱的后面,电源模块在实验平台电路板的下面,它主要完成交流 220 V 到直流＋5 V、＋12 V、−12 V 的变换,给整个硬件平台供电。另外,在 JH5004 型实验箱的内部还专门设计了信号产生测试电路,以配合 JH5004 型实验箱的使用。对于 JH5004 型实验箱信号产生模块的各种信号,学生可以通过键盘选择相应的信号用于实验测试。

在实验箱中可开设以下实验项目:

(1) 常用信号的分类和观察;

(2) 信号的基本运算单元;

(3) 信号的合成;

(4) 线性时不变系统的测量;

(5) 零输入响应与零状态响应的分析;

(6) 二阶串联、并联谐振系统;

(7) 幅度调制与解调;

(8) FDM 传输系统;

(9) 信号的采样和恢复(PAM);

(10) 模拟滤波器;

(11) 一阶网络特性的测量;

(12) 二阶网络特性的测量;

(13) 反馈系统与系统的频响特性;

(14) RC 振荡器特性的测量;

(15) 二阶网络状态矢量的测量。

8.3 JH5004 型信号与系统实验箱信号产生模块的使用方法

8.3.1 实验 1:常用信号的分类和观察

1) 实验目的

(1) 观察常用信号的波形特点及其产生方法;

(2) 学会使用示波器对常用波形参数的测量;

(3) 掌握 JH5004 型实验箱信号产生模块的操作。

2) 预备知识

(1) 学习《信号与系统》课程中"信号的描述、分类和典型示例"一节;

(2) 学习示波器的使用方法;

(3) 学习同步信号的观察手段。

3）实验仪器

（1）JH5004 型实验箱；

（2）20 MHz 示波器。

4）实验原理

对于一个系统特性的研究,其中重要的一个方面是研究它的输入输出关系,即在一特定输入信号下,系统对应的输出响应信号。因此,对信号的研究是对系统研究的出发点,是对系统特性观察的基本手段与方法。在本实验中,将对常用信号和特性进行分析、研究。

信号可以表示为 1 个或多个变量的函数,在这里仅对一维信号进行研究,自变量为时间。常用的信号有:指数信号、正弦信号、指数衰减正弦信号、复指数信号、sa(t)信号、钟形信号、脉冲信号等。

（1）指数信号

其表达式为:

$$f(t) = Ke^{at}$$

对于不同的 a 值,其波形表现为不同的形式,如图 8.1 所示。

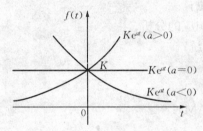

图 8.1　指数信号

JH5004 型实验箱的信号产生模块可产生 $a<0,t>0$ 的 sa(t) 函数的波形。通过示波器测量输出信号波形,测量 sa(t) 函数的 a、K 参数。

（2）正弦信号

其表达式为:

$$f(t) = K\sin(\omega t + \theta)$$

其信号参数有:振幅 K、角频率 ω、初始相位 θ。其波形如图 8.2 所示。

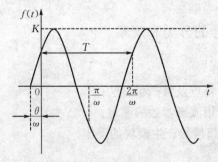

图 8.2　正弦信号

通过示波器测量输出信号的波形,测量正弦信号的振幅 K、角频率 ω。

（3）指数衰减正弦信号

其表达式为：

$$f(t) = \begin{cases} 0 & (t < 0) \\ Ke^{-at} & (t > 0) \end{cases}$$

其波形如图8.3所示。

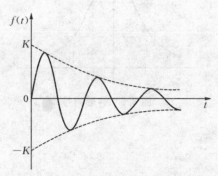

图 8.3　指数衰减正弦信号

（4）复指数信号

其表达式为：

$$f(t) = Ke^{st} = Ke^{(\sigma + j\omega)t} = Ke^{\sigma t}\cos \omega t + jKe^{\sigma t}\sin \omega t$$

一个复指数信号可分解为实部和虚部。其中，实部包含余弦衰减信号，虚部则为正弦衰减信号。指数因子实部表征了正弦与余弦函数振幅随时间变化的情况。一般 $\sigma < 0$，正弦信号及余弦信号是衰减振荡。指数因子的虚部则表示正弦信号与余弦信号的角频率。对于一个复信号，一般通过两个信号联合表示：信号的实部通常称为同相支路；信号的虚部通常称为正交支路。利用复指数信号可使许多运算和分析得以简化。在信号分析理论中，复指数信号是一种非常重要的基本信号。

（5）sa(t)信号

其表达式为：

$$\text{sa}(t) = \frac{\sin t}{t}$$

sa(t) 是一个偶函数，$t = \pm\pi, \pm 2\pi, \cdots, \pm n\pi$ 时，函数值等于 0。该函数在很多应用场合具有独特的应用。其信号如图8.4所示。

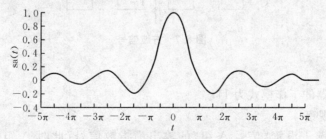

图 8.4　复指数信号

（6）钟形信号（高斯函数）

其表过式为：

$$f(t) = Ee^{-(\frac{t}{\tau})^2}$$

其信号如图 8.5 所示。

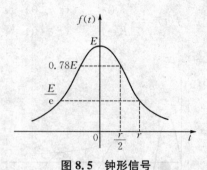

图 8.5　钟形信号

（7）脉冲信号

其表达式为：

$$f(t) = u(t) - u(t - T)$$

式中：$u(t)$ 为单位阶跃函数。

其信号如图 8.6 所示。

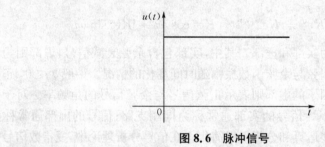

图 8.6　脉冲信号

（8）方波信号

方波信号的周期为 T，前 $T/2$ 期间信号为正电平信号，后 $T/2$ 期间信号为负电平信号。
其信号如图 8.7 所示。

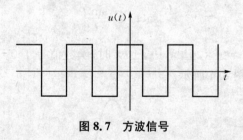

图 8.7　方波信号

5）实验步骤

设置信号产生器的工作模式为 11。

（1）指数信号观察

通过信号选择键 1 设置"信号 A 组"的输出为指数信号（此时 A 组信号输出指示灯为
000000）。用示波器测量"信号 A 组"的输出信号。

观察指数信号的波形，并测量和分析其对应的 a、K 参数。

（2）正弦信号观察

通过信号选择键1设置"信号A组"的输出为正弦信号（此时A组信号输出指示灯为000101）。用示波器测量"信号A组"的输出信号。

在示波器上观察正弦信号的波形，并测量和分析其对应的振幅K、角频率ω。

（3）指数衰减正弦信号观察（正频率信号）

通过信号选择键1设置"信号A组"的输出为指数衰减余弦信号（此时A组信号输出指示灯为000001），用示波器测量"信号A组"的输出信号。

通过信号选择键2设置"信号B组"的输出为指数衰减正弦信号（此时B组信号输出指示灯为000010），用示波器测量"信号B组"的输出信号。

分别用示波器的X、Y通道测量上述信号，并以X-Y方式进行观察，记录此时信号的波形，并注意此时李沙育图形的旋转方向（该实验可选做）。

分析对信号参数的测量结果。

（4）指数衰减正弦信号观察（负频率信号）（该实验可选做）

通过信号选择键1设置"信号A组"的输出为指数衰减余弦信号（此时A组信号输出指示灯为000011），用示波器测量"信号A组"的输出信号。

通过信号选择键2设置"信号B组"的输出为指数衰减正弦信号（此时B组信号输出指示灯为000100），用示波器测量"信号B组"的输出信号。

分别用示波器的X、Y通道测量上述信号，并以X-Y方式进行观察，记录此时信号的波形，并注意此时李沙育图形的旋转方向。

将测量结果与8.3.3节实验3所测结果进行比较。

（5）sa(t)信号观察

通过信号选择键1设置"信号A组"的输出为sa(t)信号（此时A组信号输出指示灯为000111），用示波器测量"信号A组"的输出信号，并通过示波器分析信号的参数。

（6）钟形信号（高斯函数）观察

通过信号选择键1设置"信号A组"的输出为钟形信号（此时A组信号输出指示灯为001000），用示波器测量"信号A组"的输出信号，并通过示波器分析信号的参数。

（7）脉冲信号观察

通过信号选择键1设置"信号A组"的输出为正负脉冲信号（此时A组信号输出指示灯为001101），并分析其特点。

（8）方波信号观察：

通过信号选择键1设置"信号A组"的输出为连续正负脉冲信号（此时模式指示灯为11，A组信号输出指示灯为001101），并分析其特点。

6）实验思考

（1）分析指数信号、正弦信号、指数衰减正弦信号、复指数信号、sa(t)信号、钟形信号、脉冲信号的特点。

（2）设置输出为复指数正频率信号（A组输出与B组输出同时观察）与复指数负频率信号（A组输出与B组输出同时观察），并说明这两类信号的特点。

（3）写出测量指数信号、正弦信号、指数衰减正弦信号、复指数信号、sa(t)信号、钟形信号、脉冲信号的波形参数。

8.3.2　实验 2：信号的基本运算单元

1）实验目的

（1）掌握信号与系统中基本运算单元的构成；

（2）掌握基本运算单元的特点；

（3）掌握对基本运算单元的测试方法。

2）预备知识

（1）学习《信号与系统》课程中"信号的运算"一节；

（2）学习对一般电路模块输入、输出特性的测试方法。

3）实验仪器

（1）JH5004 型实验箱；

（2）20 MHz 示波器。

4）实验原理

在《信号与系统》课程中，最常用的信号运算单元有：减法器、加法器、倍乘器、反相器、积分器、微分器等，通过这些基本运算单元可以构建十分复杂的信号处理系统。因而，基本运算单元是"信号与系统"的基础。

5）实验模块

JH5004 型实验箱中有一个基本运算单元模块，该模块由以下 6 个单元组成。

（1）加法器

其电路构成如图 8.8 所示。

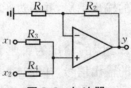

图 8.8　加法器

该电路中元件参数的取值为：$R_1 = R_2 = R_3 = R_4 = 10 \text{ k}\Omega$，其输出 y 与输入 x_1、x_2 的关系为：

$$y = x_1 + x_2$$

（2）减法器

其电路构成如图 8.9 所示。

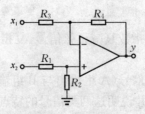

图 8.9　减法器

该电路中元件参数的取值为：$R_1 = R_2 = R_3 = R_4 = 10 \text{ k}\Omega$，其输出 y 与输入 x_1、x_2 的关系为：

$$y = x_2 - x_1$$

（3）倍乘器

其电路构成如图 8.10 所示。

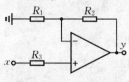

图 8.10　倍乘器

该电路中元件参数的取值为：$R_1 = R_2 = R_3 = 10 \text{ k}\Omega$，其输出 y 与输入 x 的关系为：

$$y = 2x$$

（4）反相器

其电路构成如图 8.11 所示。

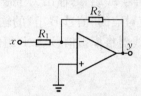

图 8.11　反相器

该电路中元件参数的取值为：$R_1 = R_2 = 10 \text{ k}\Omega$，其输出 y 与输入 x 的关系为：

$$y = -x$$

（5）积分器

其电路构成如图 8.12 所示。

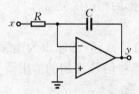

图 8.12　积分器

该电路中元件参数的取值为：$R = 10 \text{ k}\Omega$、$C = 0.1 \text{ }\mu\text{F}$，其输出 y 与输入 x 的关系为：

$$y = \frac{1}{RC} \int_{-\infty}^{t} x(t)\,\mathrm{d}t$$

（6）微分器

其电路构成如图 8.13 所示。

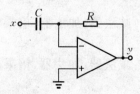

图 8.13　微分器

该电路中元件参数的取值为：$R = 1 \text{ k}\Omega$、$C = 0.01 \text{ } \mu\text{F}$，其输出 y 与输入 x 的关系为：

$$y = RC \frac{\mathrm{d}x(t)}{\mathrm{d}t}$$

6）实验步骤

设置信号产生器的工作模式为 11。

（1）加法器特性观察

通过信号选择键 1 使对应的"信号 A 组"的输出为 270 Hz 信号（A 组输出信号指示灯为 000101），通过信号选择键 2 使对应的"信号 B 组"的输出为 2 160 Hz 信号（B 组输出信号指示灯为 000110）。用短路连线器将模拟信号 A、B 组的输出信号送入加法器的 x_1、x_2 输入端，用示波器观察输出端 y 的波形。

（2）减法器特性观察

通过信号选择键 1 使对应的"信号 A 组"的输出为全波检波信号（此时 A 组信号输出指示灯为 010000），通过信号选择键 2 使对应的"信号 B 组"的输出为半波检波信号（此时 B 组信号输出指示灯为 010001）。用短路连线器将模拟信号 A、B 组的输出信号送入减法器的 x_1、x_2 输入端，用示波器观察输出端 y 的波形。

（3）倍乘器特性观察

通过信号选择键 1 使对应的"信号 A 组"的输出信号为 2 160 Hz 的正弦信号（此时 A 组信号输出指示灯为 000110）。用短路连线器将信号 A 组的输出信号送入倍乘器的 x 输入端，观察输出端 y 的波形。

（4）反相器特性观察

通过信号选择键 1 使对应的"信号 A 组"的输出信号为 2 160 Hz 的正弦信号（此时 A 组输出信号指示灯为 000110）。用短路连线器将信号 A 组的输出信号送入反相器的 x 输入端，观察输出端 y 波形的相位与输入端 x 波形的相位的关系。

（5）积分器特性观察

通过信号选择键 1 使对应的"信号 A 组"的输出为连续正负脉冲对信号（此时 A 组信号输出指示灯为 001101）。用短路连线器将信号 A 组的输出信号送入积分器的 x 输入端，观察输出端 y 的波形与输入端 x 的波形的关系。

（6）微分器特性观察

通过信号选择键使对应的"信号 A 组"的输出依次为连续正负脉冲信号（此时 A 组信号输出指示灯为 001001）、间隔正负脉冲信号（此时 A 组信号输出指示灯为 001101）、正负指数衰减冲激信号（此时 A 组信号输出指示灯为 001110）、锯齿信号（此时 A 组信号输出指示灯为 010010）。用短路连线器将信号 A 组的输出信号送入微分器的 x 输入端，观察输出端 y 的波形与输入 x 的波形的关系。

7）实验思考

（1）画出常用的信号运算单元：减法器、加法器、倍乘器、反相器、积分器、微分器的电路结构。

（2）分析常用的信号运算单元：减法器、加法器、倍乘器、反相器、积分器、微分器的运算特点。

（3）采用基本运算单元构建：$x_1 + \displaystyle\int_{-\infty}^{t} x_2(t)\mathrm{d}t$ 的电路。

8.3.3　实验 3:信号的合成

1) 实验目的

(1) 掌握周期信号的傅里叶变换;

(2) 理解傅里叶变换的本质;

(3) 学会对一般周期信号在时域上进行合成。

2) 预备知识

(1) 学习《信号与系统》课程中"周期信号的傅里叶级数分析"一节;

(2) 学习信号滤波常识;

(3) 学习信号相加知识。

3) 实验仪器

(1) JH5004 型实验箱;

(2) 20 MHz 示波器。

4) 实验原理

在信号与系统中,周期性的函数(波形)可以分解成其基频分量及其谐波分量(如图 8.14 所示),基频和谐波的幅度与信号的特性紧密相关。

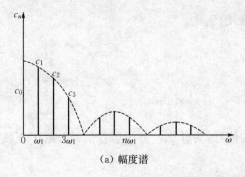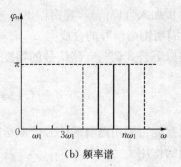

（a）幅度谱　　　　　　　　　　　　　　　　（b）频率谱

图 8.14　周期性函数的分解

从图 8.14 可以看出,一般周期性信号其谐波幅度随着谐波次数的增加,相应该频点信号幅度会减少。因而,对于一个周期性信号,可以通过一组中心频率等于该信号各谐波频率的带通滤波器,获取该周期性信号在各频点信号幅度的大小。

同样,按某一特定信号在其基波及其谐波处的幅度与相位可以合成该信号。理论上需要谐波点数为无限,但由于谐波幅度随着谐波次数的增加,信号幅度减少,因而只需取一定数目的谐波数即可。

5) 实验模块

JH5004 型实验箱中有一个信号合成模块,该模块由一组中心频率等于 nf_0(其中 $f_0 = 1$ kHz,$n = 1, 2, 3, \cdots$) 的信号源、幅度调整电路及相加器组成,如图 8.15 所示。

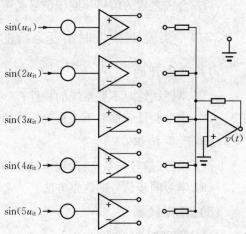

图 8.15　信号的分解与合成

6）实验步骤

（1）信号的产生

设置 JH5004 型实验箱信号产生模块的工作模式为 00 模式，在该模式下，可产生 5 个相关的频率信号，该组信号为余弦信号源，其中心频率等于 nf_0（其中 $f_0 = 10$ Hz，$n = 1,2,3,4,5$）。

（2）方波信号的合成

①按以下公式调整 5 路信号的幅度：

$$f(t) = \sum_{n=1}^{\infty} \frac{1}{n} \sin \frac{n\pi}{2} \cos n\omega_0 t$$

使得 $A_1 = 1$，$A_2 = 0$，$A_3 = -\frac{1}{3}$，$A_4 = 0$，$A_5 = \frac{1}{5}$。

②逐步加入合成信号，观察输出信号波形的变化。

（3）周期三角波信号的合成（不含直流信号）

①按以下公式调整 5 路信号的幅度：

$$f(t) = \cos \omega_0 t + \frac{1}{3^2} \cos 3\omega_0 t + \frac{1}{5^2} \cos 5\omega_0 t + \cdots$$

使得 $A_1 = 1$，$A_2 = 0$，$A_3 = \frac{1}{9}$，$A_4 = 0$，$A_5 = \frac{1}{25}$。

②逐步加入合成信号，观察输出信号波形的变化。

（4）周期锯齿信号的合成

①按以下公式调整 5 路信号的幅度：

$$f(t) = \sum_{n=1}^{\infty} (-1)^n \frac{1}{n} \sin n\omega_0 t$$

②观察能否采用已有的信号合成所需的信号，为什么？并说明在信号分解中正弦信号与余弦信号项的作用。

7）实验思考

（1）周期性信号的频谱特性是什么？

（2）合成之后的信号与期望信号是否相同，原因是什么？

8.3.4 实验 4：线性时不变系统的测量

1）实验目的

（1）掌握线性时不变系统的特性；

（2）学会验证线性时不变系统的性质。

2）预备知识

（1）学习《信号与系统》课程中"线性时不变系统"一节；

（2）学习同步信号的观察方法。

3）实验仪器

（1）JH5004 型实验箱；

（2）20 MHz 示波器。

4）实验原理

线性时不变系统具有如下一些基本特性：

（1）叠加性与均匀性：对于给定的系统，$e_1(t)$、$r_1(t)$ 和 $e_2(t)$、$r_2(t)$ 分别代表两对激励与响应，则当激励是 $C_1e_1(t) + C_2e_2(t)$ 时，则对应的响应为：$C_1r_1(t) + C_2r_2(t)$。对于线性时不变系统，如果起始状态为 0，则系统满足叠加性与均匀性（齐次性）。

（2）时不变特性：对于时不变系统，由于系统参数本身不随时间改变，因此，在同样起始状态之下，系统响应与激励施加于系统的时刻无关。即当 $e_1(t)$、$r_1(t)$ 为一对激励与响应时，则 $e_1(t-t_0)$、$r_1(t-t_0)$ 也为一对激励与响应。

（3）微分特性：对于线性时不变系统，当 $e(t)$、$r(t)$ 为一对激励与响应时，则 $\dfrac{\mathrm{d}e(t)}{\mathrm{d}t}$、$\dfrac{\mathrm{d}r(t)}{\mathrm{d}t}$ 也为一对激励与响应。

（4）因果性：因果系统是指系统在时刻 t_0 的响应只与 $t = t_0$ 和 $t < t_0$ 时刻的输入有关。也就是说，激励是产生响应的原因，响应是激励引起的后果，这种特性称为因果性。通常由电阻器、电感线圈、电容器构成的实际物理系统都是因果系统。

5）实验模块

JH5004 型实验箱中有一个线性时不变系统单元，它由两个功能完全一样的电路组成（如图8.16 所示），上方的电路称为第一电路单元，下方的电路称为第二电路单元。

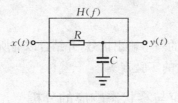

图 8.16　线性时不变系统单元

在每个电路单元中，元件的值为：$R = 10\ \text{k}\Omega$、$C = 0.1\ \mu\text{F}$。

6）实验步骤

（1）叠加性与均匀性观察

①设置 JH5004 型实验箱信号产生模块的工作模式为 3。

②通过信号选择键 1 使对应的"信号 A 组"的输出为 $1-x^2$ 信号（此时 A 组信号输出指示灯为 001011）。

③通过信号选择键 2 使使对应的"信号 B 组"产生正负锯齿脉冲串信号（此时 B 组信号输出指示灯为 010100）。

④用短路线将模拟信号 A 组、B 组的输出信号同时送入 JH5004 型实验箱的"线性时不变系统"的两个单元，分别记录观察所得到的系统响应。

⑤将上述响应通过示波器进行相加，观察响应相加之后的合成响应（如示波器无此功能，或通过 JH5004 型实验箱的基本运算单元实现此功能，方法自拟）。

⑥将模拟信号 A 组、B 组的输出信号分别送入加 JH5004 型实验箱的"基本运算单元"的加法器，将相加之后的信号送入 JH5004 型实验箱的"线性时不变系统"单元，记录观察所得到的系统响应。

⑦比较 3、4 两步所得到结果，并对其进行分析。

（2）时不变特性观察

①设置信号产生器的工作模式为 2。

②通过信号选择键 1 使对应的"信号 A 组"输出间隔正负脉冲信号(此时 A 组信号输出指示灯为 001001)。

③将模拟 A 组的输出信号加到 JH5004 型实验箱的"线性时不变系统"单元,记录观察所得到的系统响应。观察不同延时的输入冲激串与输出信号延时的时间关系。

(3) 微分特性观察

①通过信号选择键 1 使"信号 A 组"输出正负指数脉冲信号(此时 A 组信号输出指示灯为 001110),通过信号选择键 2 使"信号 B 组"输出正负指数脉冲积分信号(此时 B 组信号输出指示灯为 001111),这个信号是前一个信号的积分。

②将模拟 A 组的输出信号与模拟 B 组的输出信号加到 JH5004 型实验箱的"线性时不变系统"单元的两个相同系统上,用示波器分别记录所得到的系统响应,并比较这两个响应。

(4) 因果性观察

①通过信号选择键 1 使对应的"信号 A 组"输出正负锯齿信号(此时 A 组信号输出指示灯为 010100)。

②将模拟 A 组的输出信号加到 JH5004 型实验箱的"线性时不变系统"单元,记录观察所得到的系统响应。观察输入信号时刻与对应输出信号时刻的相对时间关系。

③可以选择其他信号,重做以上两步的实验。

7) 实验思考

(1) 对实验测量结果进行分析。

(2) 利用 JH5004 型实验箱的一个输出信号,并结合以前所学的基本运算模块的特性,设计一个线性时不变系统的微分特性的实验方案。

8.3.5　实验 5:零输入响应与零状态响应的分析

1) 实验目的

(1) 掌握电路的零输入响应;

(2) 掌握电路的零状态响应;

(3) 学会电路的零状态响应与零输入响应的观察方法。

2) 预备知识

(1) 学习《信号与系统》课程中的"零输入响应和零状态响应"一节;

(2) 学习零输入响应和零状态响应的方程表述;

(3) 学习电路参数对零输入响应和零状态响应的影响。

3) 实验仪器

(1) JH5004 型实验箱;

(2) 20 MHz 示波器。

4) 实验原理

电路的响应一般可分解为零输入响应和零状态响应。首先考察如图 8.17 所示的 RC 电路,电容器两端有起始电压 $v_C(0_-)$ 和激励源为 $e(t)$。系统响应(即电容器两端电压)为:

$$v_C(t) = \mathrm{e}^{-\frac{t}{RC}} v_C(0_-) + \frac{1}{RC} \int_0^t \mathrm{e}^{-\frac{1}{RC}(t-\tau)} e(\tau) \mathrm{d}\tau$$

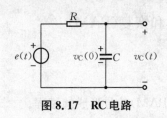

图 8.17　RC 电路

式中:等号后第 1 项为零输入响应,与输入激励无关,是以初始电压值开始,以指数规律进行衰减;第 2 项与起始储能无关,只与输入激励有关,称为零状态响应。

在不同的输入信号下,电路会表征出不同的响应。

5) 实验模块

JH5004 型实验箱中有一个零输入响应与零状态响应单元,它的电路组成如图 8.18 所示。在电路单元中,元件的值为:$R_1 = 100$ kΩ,$R_2 = 51$ kΩ,$R_3 = 10$ kΩ,$C = 0.1$ μF。

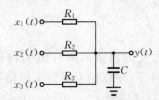

图 8.18　零输入响应与零状态响应的电路组成

6) 实验步骤

(1) 系统的零输入响应特性观察

①通过信号选择键选择 JH5004 型实验箱信号产生模块的工作模式为 2,对应的脉冲信号发生器产生周期为 35 ms 的方波信号。用短路线将脉冲信号输出端与“零输入响应与零状态响应”单元的 x_1 端口相连,用脉冲信号作同步,观察输出信号 y 的波形。

②同上步,将信号产生模块中脉冲信号输入到 x_2、x_3 端口,用脉冲信号作同步,分别观察输出信号 y 的波形。

注:对于周期较长的脉冲方波信号,可以近似认为在脉冲信号高电平的后沿,电路中电容器已完成充电。当进入脉冲信号的低电平阶段时,相当于此时激励去掉,电路在该点之后将产生零输入响应。因此,对零输入响应的观察应在脉冲信号的低电平期间。

(2) 系统的零状态响应特性观察

①通过信号选择键选择 JH5004 型实验箱信号产生模块的工作模式为 2,对应的脉冲信号发生器产生周期为 35 ms 的方波信号。用短路线将脉冲信号输出端与“零输入响应与零状态响应”单元的 x_1 端口相连,用脉冲信号作同步,观察输出信号 y 的波形。

②同上步,将信号产生模块中脉冲信号输入到 x_2、x_3 端口,用脉冲信号作同步,分别观察输出信号的波形。

注:对于周期较长的脉冲方波信号,可以近似认为在脉冲信号低电平期间,电路中电容器已完成放电。当进入脉冲信号的高电平阶段时,相当于此时激励加上,电路在该点之后将产生零状态响应。因此,对零状态响应的观察应在脉冲信号的高电平期间。

7) 实验思考

(1) 叙述如何观察系统的零输入响应。

(2) 理论分析相应连续信号在该电路下的零状态,并与实际实验结果进行对照比较。

8.3.6 实验6:信号的采样和恢复(PAM)

1) 实验目的

(1) 验证采样定理;

(2) 观察了解脉冲幅度调制(PAM)信号形成的过程。

2) 预备知识

(1) 学习《信号与系统》课程中"从抽样信号恢复连续时间信号"一节;

(2) 学习理想低通滤波器的冲激响应形式;

(3) 学习冲激函数的性质。

3) 实验仪器

(1) JH5004型实验箱;

(2) 20 MHz示波器。

4) 实验原理

利用采样脉冲把一个连续信号变为离散时间样值的过程称为采样。采样后的信号称为 PAM信号。在满足采样定理的条件下,采样信号保留了原信号的全部信息,并且从采样信号中可以无失真地恢复出原始信号。

采样定理在通信系统、信息传输理论方面占有十分重要的地位。数字通信系统是以此定理作为理论基础。采样过程是模拟信号数字化的第一步,采样性能的优劣关系到通信设备整个系统的性能指标。

采样定理指出,一个频带受限信号 $m(t)$,如果它的最高频率为 f_H,则可以唯一地由频率等于或大于 $2f_H$ 的样值序列所决定。采样信号的时域与频域变化过程如图8.19所示。

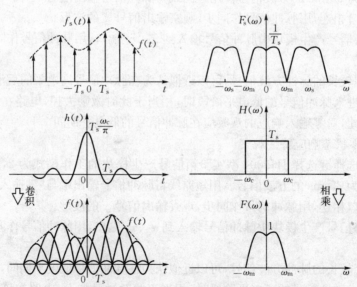

图8.19 采样信号的时域和频域表示

5) 实验模块

JH5004型实验箱中有一个PAM采样定理模块,该模块主要由一个采样器与保持电容组成。PAM采样原理如图8.20所示。

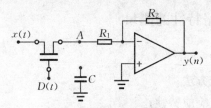

图 8.20　PAM 采样定理

一个完整的 PAM 电路组成如图 8.21 所示。

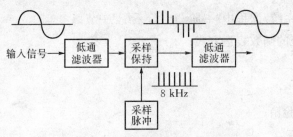

图 8.21　采样定理实验原理框图

在输入、输出端需加一低通滤波器。前一个低通滤波器是为了滤除高于 $f_s/2$ 的输入信号，防止出现频谱混叠现象和混叠噪声，以免影响恢复出的信号质量。后面一个低通滤波器是为了从采样序列中恢复出信号，滤除采样信号中的高次谐波分量。

6）实验步骤

设置 JH5004 信号产生模块的工作模式为 1，在正弦信号 16 kHz、32 kHz 作用下，输出端产生相应的信号输出，同时在"信号 A 组"产生 1 kHz 信号，在"信号 B 组"产生 125 kHz 信号输出，以及 PAM 所需的采样时钟。

（1）采样冲激串的测量：在 JH5004 型实验箱的 PAM 采样定理模块的 $D(t)$ 输入端测量采样冲激串，测量采样信号的频率。

（2）模拟信号的加入：用短路线将"信号 A 组"输出 1 kHz 正弦信号与 PAM 采样定理模块的信号输入端相连。

（3）信号采样的 PAM 序列观察：在 PAM 采样定理模块的输出端可测量到输入信号的采样序列，用示波器比较采样序列与原始信号的关系以及采样序列与采样冲激串的关系。

（4）PAM 信号的恢复：用短路线将 PAM 采样定理模块输出端的采样序列与无源与有源滤波器单元的八阶切比雪夫低通滤波器的输入端相连。在滤波器的输出端可测量出恢复出的模拟信号，用示波器比较恢复出的信号与原始信号的关系与差别。

（5）用短路器连接 PAM 采样定理模块的 A 端与 C 端，重复上述实验。

7）实验思考

（1）在实验电路中，采样冲激串不是理想的冲激函数，通过这样的冲激序列所采样的采样信号谱的形状是怎样的？

（2）用短路线连接 PAM 采样定理模块的 A 端与 C 端，由外部信号源产生一个 65 kHz 的正弦信号送入 PAM 采样定理模块中，再将采样序列送入低通滤波器，用示波器测量恢复出来的信号是什么？为什么？

8.3.7　实验7：一阶网络特性的测量

1）实验目的

(1) 掌握一阶网络的构成方法；

(2) 掌握一阶网络的系统响应特性；

(3) 了解一阶网络波特图的测量方法。

2）预备知识

(1) 学习《信号与系统》课程中"一阶与二阶系统"一节；

(2) 学习传输系统的函数表达方式；

(3) 学习波特图。

3）实验仪器

(1) JH5004 型实验箱；

(2) 20 MHz 示波器；

(3) 低频信号源(0 Hz～2 MHz)。

4）实验原理

在电路系统中，一阶系统是构成复杂系统的基本单元。学习一阶系统的特点有助于对一般系统特性的了解。

一阶系统的传输函数一般可以写成：

$$H(s) = H_0 \frac{1}{s+\gamma}$$

因果系统对稳定的要求是：$\gamma > 0$。不失一般性，可设 $H_0 = \gamma = \dfrac{1}{\tau}$。该系统的频响特性为：

$$H(\Omega) = \frac{1}{\mathrm{j}\Omega\tau + 1}$$

从其频响函数中可以看出系统响应呈低通方式，其 3 dB 带宽点为 $\dfrac{1}{\tau}$。系统的波特图如图 8.22 所示。

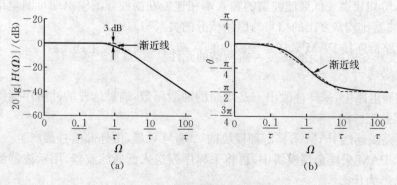

图 8.22　一阶网络的波特图

一阶低通系统的单位冲激响应和单位阶跃响应如图 8.23 所示。

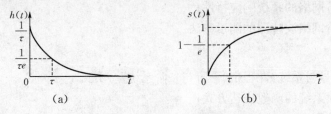

图 8.23 一阶网络的单位冲激响应和单位阶跃响应

5) 实验模块

JH5004 型实验箱中有一个一阶网络模块,电路构成如图 8.24 所示。

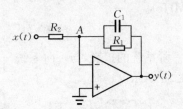

图 8.24 一阶网络电路的构成

电路元件取值为:$R_1 = 10\ \text{k}\Omega$、$R_2 = 10\ \text{k}\Omega$、$C_1 = 0.1\ \mu\text{F}$。

6) 实验步骤

(1) 一阶网络波特图的测量

①用低频信号源产生一正弦信号,输出信号幅度为 2 V(峰-峰),加入到一阶网络模块的输入端。

②用示波器测量一阶网络的输出信号 $y(t)$。

③从低频开始不断增加信号源的输出频率(1 kHz 一个步进),并保持其输出幅度不变,测量相应频点一阶网络的输出信号,并记录下输出信号的幅度、输入信号与输出信号的相位差。以频率与输出幅度(可换算成相对 0 点的相对电平值,其单位为 dB)为变量画出一条曲线,同时以频率与输入输出信号相位差为变量画出一条曲线。这两条曲线即为一阶网络的波特图。

(2) 一阶网络单位阶跃响应测量

①设置 JH5004 型实验箱信号产生模块的工作模式为 2,在该模式下,脉冲信号输出端产生一个周期为 45 ms 的方波信号。

②将脉冲信号加入到一阶网络模块的 x_1 输入端。用示波器测量一阶网络的单位阶跃响应。

(3) 用二次开发模块的元件改变一阶网络的元件参数,重复上述实验。

7) 实验思考

(1) 一阶网络波特图实测曲线与理论曲线进行对比分析。

(2) 叙述一阶网络极点参数的改变方法。

8.3.8 实验 8:二阶网络特性的测量

1) 实验目的

(1) 掌握二阶网络的构成方法;

（2）掌握二阶网络的系统响应特性；

（3）了解二阶网络波特图的测量方法。

2）预备知识

（1）学习《信号与系统》课程中"一阶与二阶系统"一节；

（2）学习传输系统的函数表达方式；

（3）学习波特图。

3）实验仪器

（1）JH5004 型实验箱；

（2）20 MHz 示波器；

（3）低频信号源(0 Hz～2 MHz)。

4）实验原理

在电路系统中，二阶系统是一阶系统的扩展，与一阶系统一样是构成复杂系统的基本单元。一般二阶系统电路的构成如图 8.25 所示。

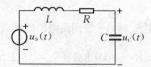

图 8.25　二阶系统电路的构成

二阶系统的传输函数一般可以写成：

$$H(s) = \frac{\Omega_n^2}{s^2 + 2\xi\Omega_n s + \Omega_n^2}$$

式中：

$$\Omega_n = \frac{1}{\sqrt{LC}}$$

$$\xi = \frac{R}{2}\sqrt{\frac{L}{C}}$$

二阶网络的频响函数可以进一步化解成：

$$H(\Omega) = \frac{\Omega_n^2}{(j\Omega)^2 + 2\xi\Omega_n j\Omega + \Omega_n^2} = \frac{\Omega_n^2}{(j\Omega - C_1)(j\Omega - C_2)}$$

式中：

$$C_1 = -\xi\Omega_n + \Omega_n\sqrt{\xi^2 - 1}$$
$$C_1 = -\xi\Omega_n - \Omega_n\sqrt{\xi^2 - 1}$$

ξ 为二阶系统的阻尼系数。当 $0 < \xi < 1$ 时，系统处于欠阻尼振荡，其单位冲激响应是一个振荡的过程；当 $\xi > 1$ 时，系统处于过阻尼振荡，其单位冲激响应是一个衰减过程；当 $\xi = 1$ 时，系统处于临界阻尼状态。

二阶网络在不同阻尼状态下的单位冲激响应与单位阶跃响应曲线如图 8.26 所示。

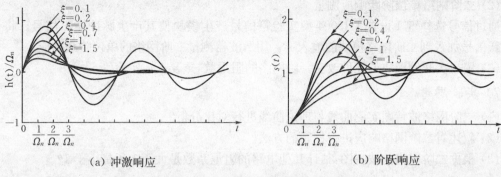

(a) 冲激响应　　　　　　　　　(b) 阶跃响应

图 8.26　二阶系统的冲激响应和阶跃响应

二阶系统的波特图如图 8.27 所示。

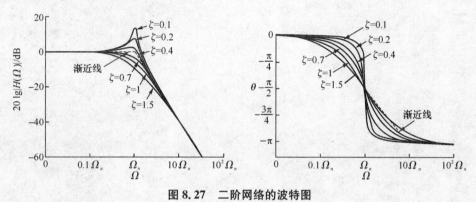

图 8.27　二阶网络的波特图

5）实验模块

JH5004 型实验箱中有一个二阶网络模块，该模块电路的构成如图 8.28 所示。

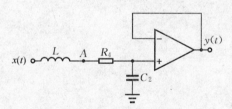

图 8.28　二阶网络模块电路的构成

其电路元件取值为：$L = 150\ \mu H$、$R = 10\ k\Omega$、$C = 0.01\ \mu F$。

6）实验步骤

（1）二阶网络波特图的测量

①用低频信号源产生一个正弦信号，输出信号幅度为 2 V（峰-峰），加入到二阶网络模块的 x 输入端。

②用示波器测量二阶网络的输出信号 $y(t)$。

③不断增加信号源的输出频率（1 kHz 一个步进），并保持其输出幅度不变，测量相应频点二阶网络的输出信号，并记录下输出信号的幅度、输出信号与输入信号的相位差。以频率与输出幅度（可换算成相对 0 点的相对电平值，其单位为 dB）为变量画出一条曲线，同时以频率与输出输入信号相位差为变量画出一条曲线。这两条曲线即为二阶网络的波特图。

（2）二阶网络单位阶跃响应测量

通过信号选择键 1 设置 JH5004 型实验箱信号产生模块使其产生脉冲输出信号。将该单位阶跃信号加入到二阶网络模块的输入端。用示波器测量二阶网络的单位阶跃响应。

（3）用二次开发模块的元件改变一阶网络的阻尼数，重复上述实验。

7）实验思考

（1）二阶网络波特图实测曲线与理论曲线进行对比分析。

（2）叙述对二阶网络响应进行控制的方法。

（3）根据二阶网络的波特图，估计其他电路的阻尼系数是大于 1 还是小于 1？

参 考 文 献

[1] 胡光锐,吴小滔. 信号与系统上机实验[M],北京:科学出版社,2001
[2] 陈生潭,郭宝龙,李学武,等. 信号与系统[M]. 2 版. 西安:西安电子科技大学出版社,2007
[3] 张昱,周绮敏. 信号与系统实验教程[M]. 北京:人民邮电出版社,2005
[4] 梁虹,梁洁,陈跃斌. 信号与系统分析及 MATLAB 实现[M]. 北京:电子工业出版社,2002
[5] 梁虹,杨鉴,普园媛. 基于 MATLAB 的"信号与系统"计算机辅助教学系统设计[J]. 云南大学学报:自然科学版,2001,23(2):111—114
[6] 王宝祥. 信号与系统[M]. 哈尔滨:哈尔滨工业大学出版社,2000
[7] 胡光锐,信号与系统[M]. 上海:上海交通大学出版社,2005
[8] 高飞,汪浩,梁虹. 基于 MATLAB 的"信号与系统"仿真实验及其性能分析[J]. 云南民族大学学报:自然科学版,2001,10(1):266—269
[9] 宁德成. 信号与系统[M]. 西安:西北工业大学出版社,1996
[10] 飞思科技产品研发中心. 信号与系统分析及 MATLAB 实现[M]. 北京:电子工业出版社,2002
[11] OPPENHEIM A V,WILLSKY A S, NAWAB S H. Signals and systems[M]. Second Edition. Upper Saddle River, NJ. USA:Prentice-Hall,Inc,1997
[12] CHIRLIAN. P M. Signals,systems,and the computer[M]. New York, NY, USA:Intext Educational Publishers,1973
[13] 陈跃斌,高飞,王嘉梅,等. "信号与系统"重点课程建设的探索与实践[J]. 云南民族大学学报:自然科学版,2001,10(4):489—491
[14] 党宏社. 信号与系统实验(MATLAB 版)[M]. 西安:西安电子科技大学出版社,2007
[15] 张德丰,赵书梅,刘国希. MATLAB 图形与动画设计[M]. 北京:国防工业出版社,2009